ANIMORPHS™

Sie werden dich verändern

Sogar das Buch morpht!
Seiten schnell über
den Daumen durchblättern!

ANIMORPHS™

DIE WARNUNG

K.A. Applegate

Deutsch von Christoph Arndt

Ravensburger Buchverlag

Für Michael und Jake

4 3 2 03 02 01 00

Die Originalausgabe erschien 1998
unter dem Titel „ANIMORPHS – Vol 16 The Warning“

Umschlagillustration: David B. Mattingly

Printed in Germany

ISBN 3-473-34866-X

KAPITEL 1

Ich tippte „Bball24“.

Danach gab ich mein Passwort ein, genauer gesagt, eine Reihe von Buchstaben und Zahlen.

Ich bewegte die Maus und schob den Pfeil auf „Anmelden“. Ich klickte die Maustaste und wartete, während das Modem wählte.

Ich heiße übrigens Jake.

Einfach nur Jake. Meinen Nachnamen kann ich euch nicht verraten.

Wenn ich online gehe, nenne ich mich Bball24. Oder zumindest kommt das meinem richtigen Onlinenamen sehr nahe. Ich muss vorsichtig sein, selbst bei so was. Wisst ihr, vor den Yirks ist nämlich nichts sicher. Ich könnte euch meinen echten Usernamen preisgeben und sie würden mich finden.

Das wäre dann das Ende von Jake und Bball24. Von allen meinen Freunden. Und vielleicht von der gesamten Menschheit.

Wollt ihr wissen, was mein Username bedeutet? Tja, ich war früher mal heftig auf dem Basketballtrip. Ich ver-

suchte in unser Team reinzukommen, hab's aber nicht gepackt. Aber in meinem besten Spiel habe ich 24 Punkte gemacht. Das also verbirgt sich hinter Bball24: Basketball, 24 Punkte.

Irgendwie beknackt mittlerweile, finde ich. Basketball ist für mich nicht mehr ganz so wichtig. Und zwar nicht nur, weil ich's nicht ins Team geschafft habe; es ist nur so, dass ich inzwischen ein viel krasseres Spiel spiele.

Ich bin ein Animorph. Das ist ein Kunstwort, in keinem Lexikon könnt ihr das nachschlagen. Mein bester Freund Marco kam irgendwann mal damit an. Es ist die Kurzform von „Animal Morpher".

Und genau das sind wir – dank eines Außerirdischen, der bei dem Versuch starb, die Menschheit auf der Erde zu retten. Er gab uns die Fähigkeit zu morphen, wodurch wir uns in jedes Tier verwandeln können, dessen DNS wir durch Berührung in uns aufgenommen haben. Mit dieser Fähigkeit bekämpfen wir die yirkanische Invasion auf der Erde.

Noch so ein Wort, das ihr nicht im Wörterbuch finden werdet: Yirk. Aber das Wort hat eine erschreckend reale Bedeutung. Die Yirks sind eine parasitäre Nacktschneckenrasse. Yirks leben in den Gehirnen anderer Lebewesen. Sie leben in Taxxons, in Hork-Bajirs, in Gedds und wohl auch in einigen Leeranern.

Und das Pech für alle freien Rassen des Universums ist, dass sie auch das Gehirn eines einzelnen Andaliten erobert haben.

Sie leben auch in den Gehirnen von Menschen. Human-Controller heißen die. Das sind Menschen, die eigentlich keine mehr sind. Ein Human-Controller ist ein Sklave des Yirks, der sich in seinem Kopf eingenistet hat.

Wie viele Menschen von den Yirks infiziert sind? Keine Ahnung. Zu viele jedenfalls. Mein Bruder Tom ist einer von ihnen. Marcos Mutter ebenfalls. Unser stellvertretender Schulleiter ist auch einer. Wir haben schon Polizisten und Lehrer als Human-Controller erlebt und sogar einen Fernsehstar, der ein Human-Controller werden wollte – so verrückt das auch scheinen mag.

Sie sind überall. In jedem kann einer stecken.

Und darum kämpfen wir. Deshalb nehmen wir immer wieder die albtraumhaften Verwandlungen in Tiergestalt auf uns. Denn unsere einzigen Waffen sind die Tiere, zu denen wir werden.

Ich wählte als Übertragungsgeschwindigkeit 38 400 bps. Wenn ich doch bloß ein schnelleres Modem hätte! Aber wenigstens ist das hier besser als mein altes 14 400-er.

Auf dem Bildschirm erschienen mehrere Angebote. Ob ich eine Visakarte von Web Access America beantragen wolle? Nein. Ob ich ein neues Virenschutzprogramm kaufen wolle? Nein.

„Sie haben Post bekommen", sagte der Computer mit seiner synthetischen Stimme, die irgendwie aufgeregt klang. Als ob es ihn freute, dass ich eine E-Mail hatte.

Ich klickte auf das Mailsymbol. Drei E-Mails. Eine war ein Kettenbrief. Den löschte ich sofort. Eine war von einem

Typen, der gedacht haben muss, dass ich mich für Politik interessiere. Irgendeine schwachsinnige Verschwörungstheorie. Die löschte ich auch.

Die dritte E-Mail war von „Cassie98". Ich öffnete sie und las sie.

„Jake, oooh Baby, du Mann meiner Träume. Ich liebe deine breiten, männlichen Schultern. Ich liebe deine durchdringenden braunen Augen. (Sie sind doch braun, oder?) Vor allem aber stehe ich auf die machomäßig-männliche Art, mit der du uns alle herumkommandierst und Befehle nach allen Seiten austeilst. Für mich bist du der neue Clint Eastwood. Ich muss dich ganz für mich allein haben. Unterschrift, Cassie. XXX."

Ich seufzte. Marco, natürlich. Cassie geht selten online und verschickt niemals E-Mails. Und ganz sicher würde sie mir dann nie so einen Stuss schicken. Im Grunde irgendwie schade. Aber dies war eindeutig Marcos Werk, der einen seiner vielen falschen Usernamen benützt hatte.

Ich klickte den Befehl „Schreibe E-Mail" an, überlegte einen Moment und fing an zu tippen.

„Cassie, du weißt, ich mag dich auch. Aber ich habe gelobt, mich mit keinem Mädchen einzulassen, ehe nicht mein bester Freund Marco wenigstens ein Mädchen dazu kriegt, ihn zu mögen. Und da dies bekanntlich nie passieren wird, kommen wir wohl nie zusammen, schätze ich. Unterschrift, Jake."

Mit einem zufriedenen Grinsen schickte ich die E-Mail raus. Marco würde darüber lachen. Er sucht in jeder Situation das Komische und nimmt's nicht krumm, wenn der Spaß auf seine Kosten geht. Solange es nur witzig ist.

Ich wollte mich gerade abmelden, weil ich mir wie üblich nicht vorstellen konnte, was ich online noch machen sollte. Aber dann überkam mich dieser seltsame Drang. Warum, weiß ich nicht. Ich klickte auf das Internetsymbol und startete den Webbrowser.

Im Suchfeld gab ich das Wort „Yirk" ein.

Ich klickte auf das Suchfeld.

Es vergingen ein paar Sekunden bis zur Rückmeldung. Eine Antwort erwartete ich nicht. Es gab keinen Grund, warum eine Webseite mit dem Stichwort „Yirk" existieren sollte. Wie ich schon sagte, das Wort steht in keinem Lexikon.

Dann aber erschien zu meiner größten Verblüffung die Liste der Stichworteinträge.

Es gab exakt einen Eintrag.

Ich klickte den blauen Hyperlink an. Und erkannte plötzlich, dass wir Animorphs nicht so allein waren, wie wir angenommen hatten.

KAPITEL 2

„Es gibt eine Yirk-Homepage?", fragte Marco ungläubig. „Was haben die da? Bilder von Yirkschnecken? Links zu Webseiten über andere außerirdische Eindringlinge? Anzeigen für Yahoos? Auswahl an parasitären Aliens?"

Ich hatte sie alle zusammengetrommelt. Nicht an einem unserer Stammplätze wie etwa Cassies Scheune oder dem Waldrand. Ich brauchte einen Computerzugang. Und Marcos Rechner war besser als meiner, also gingen wir alle zu ihm auf die Bude.

Marcos Vater arbeitet in der Computerbranche, deshalb hat Marco immer das allerneueste, coolste Zeug rumstehen. Zumindest nach menschlichen Maßstäben. Ax war auch mit dabei in seinem verwirrend attraktiven Menschenmorph. Ax' richtiger Name lautet Aximili-Esgarrouth-Isthill. Er ist ein Andalit, was bedeutet, dass sein eigener Körper eine Mischung aus Hirsch, Mensch und Skorpion darstellt, mit blauem Fell und einem zusätzlichen Augenpaar auf Stielen.

„Warum arbeitet er denn bloß so langsam? Saaahm. Laaaaangsaaahm?", fragte Ax.

Ich vergaß zu erwähnen, dass Ax in seiner richtigen Gestalt keinen Mund besitzt. Wenn er dann in seinen Menschenmorph mitsamt Menschenmund schlüpft, findet er es sehr unterhaltsam, mit Lauten zu spielen. Wir anderen finden es ziemlich nervig, aber na ja, wir haben alle unsere Fehler.

„Hör mal, Space-Boy, das ist das schnellste Modem auf dem Markt, ja?", beschwerte sich Marco. „56 000 Bits pro Sekunde."

„Sechsundfünfzig*tausend?* Nicht wenigstens Millionen? Milljoh-nän. Milli-Ionen." Er lachte. „Das Wort gefällt mir. Es erzeugt schöne Laute in meinem Menschenmund."

Rachel verdrehte die Augen. „Ja. Ein toller Laut. Manchmal liege ich sechs oder sieben Stunden lang im Bett und tue nichts anderes als ‚Million' zu sagen."

Ax blieb völlig ungerührt. „Das ist jetzt ein sarkastischer Laut, nicht wahr?"

„Sarkasmus. Asmus. Kasmus. Ja, das war Sarkasmus, Ax", sagte Rachel. Aber ihr Lachen klang nicht sarkastisch und sie schüttelte den Kopf, dass ihre seidig-blonde Mähne flog.

Rachel ist meine Kusine, deshalb ist sie für mich nicht schön. Aber alle anderen finden sie schön. Und sie ist nicht bloß schön, sondern gehört obendrein zu jenen Menschen, auf die stets ein besonderer Scheinwerfer gerichtet zu sein scheint, wo immer sie gehen und stehen.

Doch Rachel geht es nicht um ihr Aussehen. Ich weiß, das klingt so abgedroschen, als wär's aus einem Fantasy-

spiel, aber Rachel ist eine Kriegerin. Keine Ahnung, was aus ihr geworden wäre, wenn dieser Krieg mit den Yirks nicht entbrannt wäre. Aber nachdem es nun mal passiert war, schien es, als habe Rachel ihre Bestimmung im Universum gefunden, versteht ihr? Als sei das alles ein unvermeidlicher Teil ihres Schicksals.

Ich für meinen Teil sehe das anders. Ich wäre glücklich wieder ein normaler Junge sein zu dürfen. Wie das bei Rachel ist, weiß ich allerdings nicht. In ihr schlummert etwas Verwegenes.

„Na, dann lasst uns mal diese berühmte Webseite angucken", sagte Tobias. „Ich muss nach Hause. Irgendein Kerl versucht mir meine Wiese abspenstig zu machen. Da muss ich doch mein Revier verteidigen."

„Ein anderer Rotschwanzbussard?", fragte ihn Cassie.

Tobias warf den Kopf in ihre Richtung. Es war eine sehr vogeltypische Bewegung. „Ja. Und er ist hartnäckig."

Der Tobias, den ich jetzt ansah, war derselbe Tobias, der bei unserer ersten Begegnung mit dem Kopf voraus in einer Kloschüssel steckte und von zwei Kraftmeiern runtergedrückt wurde. Aber das war nur noch eine Erinnerung. Tobias hatte gegen die wichtigste Regel beim Morphen verstoßen: Nie länger als zwei Stunden gemorpht bleiben – oder man bleibt für immer in der Morphgestalt gefangen.

Tobias ist jetzt ein Rotschwanzbussard. Er lebt als Greifvogel, jagt als Greifvogel und frisst als Greifvogel. Aber er schaffte es, seine Morphingfähigkeiten zurückzuerlangen. Er ist noch immer ein Bussard, doch er kann jeweils für zwei Stunden in seinen alten menschlichen Körper zurückkehren.

Wenn er länger darin bleibt, ist er wieder ein normaler Mensch. Dann könnte er allerdings nie wieder morphen. Und er will bei unserem Kampf weiter mitmischen.

Tobias ist durch das Ganze stärker verändert worden als wir alle. Nicht nur körperlich. Er hat mehr verloren. Mehr aufgegeben.

„Okay, hier ist sie", sagte ich, als die Webseite den Bildschirm füllte.

Cassie beugte sich über mich um besser sehen zu können. Sie stützte sich mit der Hand auf meiner Schulter ab.

„Diese Seite verfolgt den Zweck die Welt über die Bedrohung durch die Yirks aufzuklären! Das ist kein Witz. Das hier ist nicht der übliche Internetquatsch. Die Sache ist ernst. Todernst."

Ich blickte über meine Schulter zu Cassie. „Siehst du? Yirks. Eine Webseite über Yirks. Glaubst du das?"

Sie schüttelte den Kopf. „Nein. Das ist verrückt."

Die Seite enthielt vier Icons. „Fakten zu den Yirks", „Mutmaßliche Human-Yirks", „Yirktypen" und „Chatforum über Yirks".

„Hast du die alle schon gecheckt?", fragte Tobias.

Bevor ich antworten konnte, packte mich Marco an der Schulter. „Du hast deine Cookies abgeschaltet, oder?"

„Seine Kekse?", fragte Cassie. „Abgeschaltete Kekse? Wie bitte?"

Marco verdrehte die Augen. „Du solltest mal versuchen in diesem Jahrhundert zu leben, Cassie. Ein Cookie ist ein Tag, eine Kodierung im Webbrowser, die einer Webseite Informationen über dich geben kann. Nicht über dich persönlich. Aber über deinen Usernamen."

„Ich hab's abgeschaltet", sagte ich mit einem Augenzwinkern zu Cassie.

„Abgeschaltete Kekse", sagte sie und schnaubte verächtlich. „Computerfuzzis haben dieses lächerliche Bedürfnis für alles blöde Begriffe zu erfinden. Damit wollen sie bloß erreichen, dass sich normale Leute vorkommen wie …"

So ging es noch eine Weile lang weiter. Cassie glaubt eben an reale Dinge wie Menschen und Tiere. Sie ist kein ausgesprochener Technikfan.

„Also. Was hast du dir angesehen, Jake?", fragte mich Marco und warf Cassie einen herablassenden, mitleidigen Blick zu, den sie ignorierte.

„Na ja, ich habe bei ‚Yirktypen' reingeschaut. Da ist eine Zeichnung von etwas, das irgendwie aussieht wie ein Hork-Bajir. Außerdem sind da noch drei Zeichnungen, die mit nichts vergleichbar sind, was wir bis jetzt gesehen haben."

Ich klickte die betreffende Seite an. Die Zeichnung des Hork-Bajirs erschien.

„Nicht übel", sagte Rachel.

„Wer immer das hier fabriziert hat, er hatte offenbar eine ziemlich klare Vorstellung davon, wie ein Hork-Bajir aussieht", sagte Marco.

Ruckelnd erschienen die anderen Zeichnungen auf dem Bildschirm. Die erste glich einem altbekannten Außerirdischen wie in *Unheimliche Begegnung der dritten Art.* Die anderen zwei sahen aus wie ein Cardassianer aus *Deep Space Nine* und ein Narn aus *Babylon Fünf.*

„Da hat einer zu lang die Glotze angehabt", sagte Marco mit einem verächtlichen Lachen. „Ax, hast du je irgendwelche echten Aliens wie diese hier gesehen?"

„Wie den da, jawohl." Er zeigte auf das embryohafte Wesen aus *Unheimliche Begegnung.* „Dieser ähnelt der Altform einer Spezies namens Skrit Na. Der Skrit, die Jugendform, gleicht einer riesigen Küchenschabe. Das könnte ein Na sein. Nur laufen die Nas gewöhnlich auf allen vieren wie vernünftige Kreaturen. Reaturen. Kree-att-huren. Mein Bruder Elfangor hatte mal irgendein großes Abenteuer mit Skrit Nas. Aber er hat mir nie groß davon erzählt. Die anderen Arten sind mir alle nicht bekannt."

„So. Und was schließen wir daraus?", fragte ich.

„Das präzise Hork-Bajir-Bild könnte ein Zufall sein", sagte Marco. „Vielleicht ist es auch eine Mischung aus wahren und getürkten Informationen. Oder vielleicht weiß irgendjemand da draußen mehr als Ax über Yirks und die von ihnen eroberten Rassen."

Cassie nickte zustimmend. „Eine Mischung aus Wahrheit und Lügen oder sonst eben Zufall."

„Eine Mischung aus Wahrheit und Lügen, das ist wie eine Definition des Internets", sagte Rachel. „Zu gleichen Teilen Realität und Illusion."

„Das Gleiche gilt für die ‚Fakten zu den Yirks' und die Abteilung über Human-Controller. Nicht, dass sie den Begriff ‚Controller' verwenden", sagte ich. „Einiges hier mag ja stimmen. Aber das meiste ist Schrott. Ich meine, da wird unterstellt, dass mutmaßlich jeder Politiker des Landes ein Controller ist. Wenn das zuträfe, hätten die Yirks schon gewonnen."

Trotzdem klickte ich die Liste an und die anderen drängten sich alle dicht heran um mir über die Schulter zu schauen.

„Der Präsident", las Cassie. „Ja, richtig. Und der Vizepräsident. Der Sprecher des Weißen Hauses. Der Oberste Richter am Supreme Court. Du liebe Güte."

„Hey, wartet mal", sagte Marco. „Da steht John Tesh. Das könnte passen. Snoop Dogg? Glaub ich nicht. Die Spice Girls? Die sind zwar ätzend, aber ich schätze mal, dass sie keine Controller sind."

„Ist doch lächerlich", sagte Rachel. „Reine Zeitverschwendung. Irgendein typischer Internethirni hat sich das Wort ‚Yirk' aus den Fingern gesaugt und beschlossen eine Webseite einzurichten. Das hat gar nix zu bedeuten."

„So war auch meine erste Reaktion", sagte ich. „Dann sah ich diesen Namen." Ich nahm die Maus als Zeiger.

„Chapman!", sagte Rachel. „Puh!"

Chapman ist unser stellvertretender Schuldirektor. Außerdem ist er ein hochrangiger Yirk und er spielt eine wichtige Rolle im Freundschaftsklub. Der Freundschaftsklub ist angeblich eine Art Pfadfindertreff für Jungen und

Mädchen oder was auch immer, in Wahrheit jedoch ist es eine Organisation der Yirks.

Was mich stutzig machte. „Wenn man also – wer immer diese Seite zusammengestellt hat – dort tatsächlich etwas über die Yirks weiß, wieso enthält sie dann nichts über den Freundschaftsklub?“

Cassie nickte.

„Gute Frage. Vielleicht kennen sie den gar nicht.“

„Oder vielleicht ist diese ganze Geschichte bloß eine Falle der Yirks“, meinte Tobias.

„Genau“, pflichtete ihm Rachel bei. „Dann würden sie nämlich nicht wollen, dass irgendwer spitzkriegt, worum es beim Freundschaftsklub wirklich geht, oder?“

„Warum also Chapman erwähnen?“

„Der Name ist ziemlich gängig“, warf Marco dazwischen. „Könnte willkürlich sein. Oder Zufall.“

Ich stieß meinen Stuhl vorm Computer zurück und sah meine Freunde an. „Wenn das hier echt ist, dann haben wir möglicherweise Verbündete da draußen, die uns helfen könnten.“

„Aber wenn es nur eine Falle der Yirks ist, könnten wir die Mäuse sein und diese blöde Webseite wäre dann der Käse“, stöhnte Rachel.

Wir sahen uns alle eine Weile lang schulterzuckend an.

Dann sagte Cassie: „Was ist mit dem Chatroom?“

„Laut Zeitplan müsste eigentlich demnächst ein Chat beginnen“, sagte ich. „Aber ich war unschlüssig, ob es sicher ist, wenn einer von uns teilnimmt. Bei einem Chat-

room geht es um mehr als bloß das Ausschalten von Cookies. Wie sicher sind Usernamen?“

Marco grinste. „Viel sicherer, wenn ich damit fertig bin. Ich kenne nämlich die Passwörter für das System am Arbeitsplatz von meinem Papa. Deshalb kann ich da reinhacken und –“

„Entschuldige, Prinz Jake“, unterbrach Ax, „aber wenn ihr möchtet, kann ich Marcos Software so kodieren, dass euch niemand zurückverfolgen kann. Wozu sonst heißt sie ‚weiche Ware‘?“

Ich schaute zu Marco hinüber. Er ist stolz auf seine Fähigkeiten. Die Wahrheit ist jedoch, dass Ax uns in Computerdingen ungefähr drei Jahrhunderte voraus ist.

Marco warf die Hände in die Luft. „Schön. Mach dich dran.“

„Bei einem so primitiven System kann ich allerdings wenig tun“, sagte Ax. „Zweidimensionaler Bildschirm, eine solide Tastatur statt eines anständigen Gedankenlinks, starre Programmkodes … ich bin kein Altertumsforscher. Mit Steinzeitrechnern kenne ich mich nicht gut aus.“

Trotzdem setzte er sich hin und hatte nach drei Minuten einen Kode eingegeben, mit dem Marcos System zuganggeschützt war.

„Okay. Also, wollen wir über die Yirks chatten?“, fragte Cassie.

„Mmh, ja. Chatten wir über die Yirks.“

KAPITEL 3

Wenn ihr noch nie einen solchen Chatroom erlebt habt, kommt er euch vermutlich einigermaßen konfus vor. Das ist wie eine Unterhaltung zwischen Leuten, die sich gar nicht wirklich zuhören.

Außerdem kann jeder immer nur etwa zehn Worte auf einmal eingeben, weshalb die ganze Sache erst recht verwirrend gerät. Aber nach einiger Zeit kriegt man schon einen Sinn rein.

Fasziniert sahen wir sechs zu, wie der Chat den Bildschirm hinabwanderte. Eine Unterhaltung über Dinge, über die wir allein Bescheid zu wissen glaubten.

YeerKiller9:	Ausgeschlossen!
GoVikes:	Man muss sie zerstückeln um sicher zu sein, dass sie auch wirklich
Chazz:	Warum reden wir hier nicht ernsthaft darüber? Die Yirks werden
GoVikes:	tot sind.
YeerKiller9:	Hört mal, ich war von einem Yirk befallen. Ich entkam

Chazz: immer stärker. Und anstatt diesen Chat zu nutzen, um irgendeine Aktion

YrkH8er: Tötet alle Yirks!

Gump8293: Ich glaubc, mcin Dad ist einer von denen. Was kann ich tun?

Chazz: zu planen, passiert am Ende gar nichts.

YeerKiller9: nur wie durch ein Wunder.

Gump8293: Ich meine, es ist verrückt, weil mein Dad teilweise wie umgedreht wirkt. Er

GoVikes: Yirks sind wie Würmer. Wenn man sie bloß halbiert,

CKDsweet: Kann mir irgendjemand helfen? Es gibt da diese Organisation namens

GoVikes: wachsen sie danach einfach weiter.

Gump8293: ist einfach zu nett. Plötzlich hat er all diese neuen Freunde und

YrkH8er: Tötet alle Yirks!

CKDsweet: Freundschaftsklub und ich glaube, das sind alles Yirks.

Ich sah Marco an. Er nickte.

„Der Freundschaftsklub", murmelte er. „Interessant. Mal schauen, ob da irgendwer drauf eingeht."

Und natürlich biss jemand an. Der angeblich fanatische Yirkhasser.

YrkH8er: Der Freundschaftsklub ist okay. Ich hab sie überprüft.

Chazz: Irrtum. Es handelt sich um eine führende Organisation der Yirks.
YrkH8er: Ach was. Die sind wie Pfadfinder.

„Puuh", sagte Rachel.

„Dieser Chazz scheint ziemlich seriös", meinte Tobias.

„YrkH8er könnte vielleicht selbst ein Controller sein", sagte ich.

„Oder er irrt sich einfach", ergänzte Cassie.

Gump8293: hängt ständig mit ihnen rum. Neulich habe
Carlito: Ich habe herausgefunden, dass die Yirks irgendeinen geheimen Ort aufsuchen müssen, wo
Gump8293: ich meinen Dad und diese neuen Freunde belauscht, wie sie über
Carlito: sie fressen oder auftanken. Alle drei Tage. Ich glaube, sie
Gump8293: jemanden namens ‚Vischer', ‚Vister' oder so ähnlich getuschelt haben.
Carlito: verlassen dafür ihren Wirtskörper.
MegMom: Gump, es heißt wahrscheinlich ‚Visser'. Ich glaube, Visser ist eine Art
GoVikes: Sie sind wie Schnecken, nur ohne Haus.
MegMom: General oder so. Visser könnte ein Dienstgrad in einer Hierarchie sein.
GoVikes: Dienstgrad. Totaler Quatsch.

„In jedem Chatroom gibt's halt einen Trottel. Hier ist es GoVikes", sagte Marco. „Aber Chazz, Meg und Carlito scheinen echt was zu wissen."

„Gump ist traurig", sagte Cassie. „Macht sich Sorgen um seinen Vater."

„So ist das eben, es geht überall auf der Welt traurig zu", sagte Marco ruppig.

Ich hatte schon seit längerer Zeit gewusst, dass Marcos Mutter ein Controller ist. Ja, sie ist sogar Visser Eins, ein sehr hochrangiges Glied in der yirkanischen Hierarchie. Aber die anderen hatten es erst vor kurzem erfahren. Und Marco reagiert allergisch auf Mitleid, deshalb muss er auf extrahart machen.

Gump8293: Gibt es denn keine Möglichkeit, wie ich meinen Dad
YrkH8er: Tötet alle Yirks!
Gump8293: von dem Yirk befreien kann?
YrkH8er: Rede mit deinem Vater. Sag ihm, was du denkst.
Chazz: NEIN, Gump. KEIN WORT zu deinem Vater. Wenn du irgendwas sagst, bist du als Nächster dran.
MegMom: Gump, hör auf Chazz. Er hat Recht. Du kannst nichts tun um
Fitey777: Hallo zusammen.
MegMom: deinen Vater zu retten, ohne dass du selbst verletzt wirst.

Fitey777: Ich kann die Liste der bekannten Yirks um einen weiteren Namen ergänzen.
Gump8293: Ich muss etwas TUN.
Fitey777: Charles J. Sofor. Das ist der stellvertretende Polizeichef in
YrkH8er: Tötet alle Yirks!
Chazz: Hallo Fitey.
MegMom: Schön, Fitey ist da.
Fitey777: der Hauptstadt. Ich stehe kurz davor, einen
GoVikes: Zerhack ihn in kleine Stückchen.
Fitey777: Auftankplatz der Yirks zu enttarnen.

„Also, was ist davon zu halten?", fragte ich die Gruppe.

Rachel seufzte. „Wer kann das schon sagen? Vielleicht sind ein paar dieser Typen echt. Vielleicht ist das Ganze aber auch eine Masche der Yirks um Leute in die Falle zu locken."

„Wie Gump", sagte Cassie. „Vielleicht versuchen sie seinen Namen und seine Adresse rauszufinden, damit sie seinen Controller-Vater warnen können."

„Ich vermute dahinter eine Lumperei der Yirks", sagte Tobias.

„Dem schließe ich mich an", sagte Rachel.

Cassie schüttelte den Kopf. „Da bin ich mir nicht so sicher. Manche von diesen Leuten haben etwas Echtes, Aufrichtiges. Nicht alle. YrkH8er ist wahrscheinlich ein Controller. Aber Gump ist echt. Darauf möchte ich wetten."

Ich habe schon vor langer Zeit gelernt Cassies Menschenkenntnis zu vertrauen. „Das Gefühl habe ich auch", sagte ich. „Ax?"

„Wer weiß? Dieses primitive Kommunikationsmittel macht eine Beurteilung unmöglich. Warum benützen die Menschen jetzt, wo sie das Telefon haben, immer noch dieses primitive System?"

„Eigentlich wurde ja das Telefon zuerst erfunden", sagte ich. „Dieses hier ist moderner."

Ax lachte. „Menschen. Ihr erfindet erst das Buch, dann den Computer. Puter. Telefon vor Computer. Sehr rückschrittlich."

„Marco? Was meinst du?"

Marco nickte mit einer „Wer-kann-das-schon-sagen"-Geste. „Wenn ich raten müsste, würde ich sagen, etwas von beidem. Vielleicht wurde diese Webseite von Yirks geschaffen, um damit Menschen auf die Spur zu kommen, die von ihnen wissen. Gleichzeitig aber ist sie ihnen vielleicht etwas außer Kontrolle geraten. Ich meine, Chazz, Carlito, Fitey und Meg sind ja möglicherweise alle echt."

Ich nickte. „Wir müssen versuchen herauszufinden, wer diese Leute sind. Ax? Kannst du da reinhacken und die geschützten Dateien mit den Usernamen knacken?"

Ich stand auf. Ax setzte sich steif auf den Stuhl und legte seine für ihn ungewohnten Menschenfinger auf die Tastatur. „Was ist denn ‚Caps Lock'?"

„Vergiss ‚Caps Lock'."

„Ja, Prinz Jake."

Ich seufzte. „Ich bin kein Prinz", sagte ich wahrscheinlich zum einmillionsten Mal.

Ax ging in das Betriebssystem rein und begann wie wild zu schreiben. Aber nach ein paar Minuten war er sichtlich enttäuscht.

„Was?", spottete Marco. „Ein uns so überlegener Andalit kann nicht in den Rechner von Web Access America eindringen?"

„Du etwa?", fragte ihn Ax.

„Nö."

„Ah." Er setzte seine wilde Tipperei fort. Dann schob er beinahe ärgerlich die Tastatur von sich. „Die grundlegendsten Systeme sind unbrauchbar."

„Mit anderen Worten, du schaffst es nicht?", sagte ich.

„Nein. Diese Maschine und der Zentralrechner sind beide zu primitiv. Ich habe versucht die Software umzuschreiben, aber das reicht nicht." Seine Miene hellte sich auf. „Dafür habe ich sie so verändert, dass Marco nun jedes Online-Computerspiel gewinnt."

„Ich gewinne doch jetzt schon jedes Spiel", schwindelte Marco.

„Deine Gewinnquote ist im Computer gespeichert, Marco", erklärte Ax. „Du gewinnst nicht jedes Spiel. Sondern nur zweiundvierzig Prozent. Pro Zehnt. Protzend."

„Es wäre gut zu wissen, ob diese Typen echt sind", sagte Cassie. „Vielleicht haben wir da draußen Verbündete. Und womöglich sind Leute wie Gump darunter, denen wir helfen könnten."

Ich streckte meine Hände vor. „So? Und wie kriegen wir die richtigen Namen hinter den Pseudonymen raus?"

„Wenn wir dem Hauptbüro der WAA einen Besuch abstatten würden …", begann Marco.

„Bei Web Access America einbrechen?", grinste Rachel.

„Genau", sagte Marco. „Bei Web Access America einbrechen. Ihre Zentralrechner knacken. Die Decknamen aufdecken. Und wenn wir schon dabei sind, könnten wir auch gleich dieses blöde Programm ausschalten, das einem ständig eine Visakarte von Web Access America anbietet."

KAPITEL 4

Wir Animorphs sind im Prinzip die genialsten Einbrecher der Welt. Ich meine, wir klauen natürlich keine Sachen. Aber wenn man sich in jedes beliebige Tier verwandeln kann, ist es in der Regel ziemlich leicht, irgendwo reinzukommen.

Es gab da nur ein Problem: Web Access America hatte seinen Sitz nicht in unserer Stadt. Die Zentrale lag einige hundert Meilen entfernt. Zu weit für uns. Selbst wenn wir uns in Vögel morphten, konnten wir eine so große Distanz nicht innerhalb des zweistündigen Zeitlimits bewältigen. Und wenn wir unterwegs anhielten und uns zurück- und gleich wieder neu morphten, würden wir es trotzdem nie an einem Tag hin und zurück schaffen.

Also benötigten wir ein anderes Transportmittel. Deshalb standen wir an jenem Samstagmorgen im Flughafenterminal und beobachteten durch die vom Boden bis zum Dach reichenden Fenster die startenden Flugzeuge.

„Der Flug dauert eineinhalb Stunden", sagte Marco. „Das langt dicke."

„Klarer Fall."

„Wir brauchen uns nur zu morphen und an Bord der Maschine zu fliegen, wo wir versuchen nicht platt gemacht zu werden. Und bei der Ankunft morphen wir uns dann zurück", sagte er. „Wir können United oder Northwest nehmen."

Am Fenster standen nur Marco und ich. Die anderen waren im Terminal verteilt. Gemeinsame Auftritte vermeiden wir möglichst. Wir wollen nicht als Gruppe erscheinen. Die Yirks haben ihre Augen überall. Sie halten uns für eine Bande von Andaliten, nicht Menschen; trotzdem müssen wir ständig auf der Hut sein.

„United oder Northwest?", fragte Marco.

Ich zuckte die Achseln. „Ist doch egal. Wirf halt 'ne Münze. Ich habe eher ein Problem bei der Vorstellung, als Fliege in einem Flugzeug zu reisen. Viele Leute drin, die einen klatschen wollen. Und wenn irgendwas schief geht, wie sollen wir uns an Bord zurückmorphen?"

„Willst du kneifen?"

Einen Moment lang dachte ich daran. Draußen dröhnte gerade eine 747er die Startbahn entlang und beschleunigte zum Abheben. „Nö. Schätze, es wird schon klappen. Die Sache ist zwar riskant, lohnt sich aber."

Marco lächelte. Ein ehrliches, diesmal nicht spöttisches Lächeln – was bei ihm selten vorkommt. „Ich weiß noch, wie du dich früher dagegen gewehrt hast, dass du alle wichtigen Entscheidungen treffen solltest."

„Daran hat sich auch bis heute nichts geändert", sagte ich. „Aber einer muss es ja tun, stimmt's?"

„Exakt“, nickte Marco.

„Ich will bloß irgendwann wieder ein Leben führen, wo ich keine Entscheidungen treffen muss, durch die vielleicht Leute draufgehen.“

„So?“ Jetzt war Marcos Lächeln eindeutig von der spöttischen Sorte. „Glaubst du wirklich, dass wir eines Tages alle wieder normale Kids sein können? Glaubst du, nachdem du der Anführer der Animorphs warst, kannst du einfach so in die Otto-Normalschülerrolle zurück?“

„Jawohl, das tue ich“, sagte ich mit Nachdruck. Ich meinte es ernst.

„Uh-oh“, sagte Marco trocken. „Komm, wir trommeln die anderen zusammen.“ Er warf mit zusammengekniffenen Augen einen Blick auf die Anzeigetafel mit den Abflugzeiten. „Lass uns mit United fliegen. Die startet als Nächstes. Wir haben noch fünfzehn Minuten. Gate 19.“

„Haben die auch Bordkino?“, fragte ich und versuchte Marcos lässigen Tonfall nachzuahmen.

„Auf einem Flug von neunzig Minuten? Das reicht ja höchstens für Zeichentrickfilme.“

Nachdem wir die anderen gefunden hatten, schlenderten wir von Cassie und Rachel zu Tobias und Ax und erklärten ihnen unseren Plan. Tobias war es dann, der den Punkt ansprach, den ich nicht bedacht hatte.

„Wie sollen wir, wenn wir in Fliegen gemorpht sind, zum Gate 19 finden? Wie gut sind Fliegenaugen?“

Tobias hatte sich noch nie in eine Fliege gemorpht. Er hatte erst heute früh die DNS dazu übernommen.

„Eigentlich ziemlich mies“, musste ich gestehen. „Fassettenaugen.“

„Dafür haben sie ein feines Näschen“, sagte Marco. „Ich meine, Fliegen können Müll oder Scheiße schon von weitem riechen.“

Ich sah Marco an. Er sah mich an.

„Also bitte“, sagte Marco. „Wo sollen wir denn so was finden? Und was damit tun? Es dem Flugbegleiter am Gate in die Hand drücken und ihm sagen: ‚Halten Sie das mal kurz für uns. Wir kommen gleich als Fliegen zurück‘?“

Aus einem nahen Gate drängte ein Haufen Fluggäste. Die Leute wirkten alle müde und genervt. Manche lächelten den Verwandten und Freunden zu, die sie abholten. Aber es musste wohl ein langer Flug gewesen sein, denn manche der Passagiere hatten Druckstellen im Gesicht. Ihr wisst schon, als hätten sie mit dem Kopf gegen das Fenster gelehnt geschlafen.

Dann war da noch so ein Elternpaar mit seinem Baby. Der Kleine brüllte und zappelte in den Armen seiner Mutter.

Nur wenige Meter von uns entfernt blieben sie stehen.

„Er muss gewickelt werden“, sagte die Mutter.

„Wer ist diesmal dran?“, fragte der Vater.

Die Mutter reichte ihm das Baby und er stöhnte. „Bitte lass es bloß Nummer eins sein.“

„Riecht aber nicht so“, sagte die Mutter. „Ich glaube, du kriegst ’ne volle Packung.“

Ich drehte mich zu Marco, Tobias und Ax um. „Okay, wir brauchen einen Freiwilligen für eine überaus riskante und ekelhafte Mission. Jemand muss die Windel da organisieren."

Wie sich herausstellte, war ich dieser Freiwillige. Ax schnallte nicht mal die grundlegende Idee. Also blieben noch wir drei übrig. Wir knobelten mit „Papier, Stein, Schere". Wer verlor, musste freiwillig gehen.

Tobias und Marco zeigten beide Papier. Ich hatte Stein.

Ich schwör's, die haben mich irgendwie gelinkt.

Zwei Minuten später hatte ich eine absolut widerliche Pampers in mehrere Papierhandtücher verpackt.

„Ich nehme nicht an, dass du das haben willst", sagte ich und hielt es Marco unter die Nase.

„Was ist das?", fragte Ax.

„Eine Windel", antwortete ich. „Babykacke."

„Windelsoße", sagte Marco. „Daran werden wir uns orientieren, wenn wir als Fliegen hier rumdüsen."

„Das verstehe ich nicht."

Ich seufzte. „Das ist so einer der Punkte, die ich echt nicht erklären möchte, Ax", sagte ich. Ich trug die Windel zum Gate 19, wo ich sie in einen großen Aschenständer stopfte. Dann lief ich zu den anderen zurück. „Das müsste genügen. Kommt, wir gehen wieder zu Cassie und Rachel."

„Seht ihr, daran erkennt man, dass wir nicht Batman oder Spiderman sind", jammerte Marco. „Spiderman muss nie der Duftnote von Babykacke folgen."

„Wer ist das, Spiderman?", fragte Ax.

KAPITEL 5

Wir gingen zum Morphen in eine Herrentoilette. Cassie und Rachel suchten eine Damentoilette auf. Es gibt wohl Situationen, in denen wir Animorphs einfach nicht als Team arbeiten können.

„Wir könnten alle zusammen in die Behindertenkabine reinpassen“, schlug Marco vor.

„Das darf man nicht“, sagte ich. „Lass uns einfach jeder eine eigene Kabine nehmen.“

Aber das war leichter gesagt als getan. Die Starts und Landungen erfolgten jetzt in raschem Takt. Auf dem Herrenklo ging es zu wie im Taubenschlag. Das Äußerste, was wir ergattern konnten, waren zwei Kabinen.

„Oh, das sieht ja gar nicht merkwürdig aus“, knurrte Tobias, als er und ich gemeinsam eine Kabine betraten.

„Warte nur ab. Es wird noch viel merkwürdiger“, erklärte ich ihm.

Wir schlossen die Tür und verriegelten sie. Dann zogen wir unsere Oberbekleidung und Schuhe aus und stopften alles in einen mitgebrachten Rucksack, den wir hinter der Toilette abstellten. Man kann nämlich nicht in Straßenklamotten und Schuhen morphen. Das geht nur mit hautengen Sachen wie der Radlerhose und dem T-Shirt, die ich trug. Wenn wir Glück hatten, würden wir hinterher unsere Sachen beim Fundbüro zurückkriegen. Wenn nicht … nun ja, wir büßen öfter Kleidung ein.

„Fliegenmorph, hm?“, flüsterte Tobias.

„Yep.“

„Ist das so eklig, wie ich es mir vorstelle?“

„Nein. Es ist noch viel, viel ekliger.“

Tobias verzog das Gesicht. Dann begann er zu morphen. Aber nicht in eine Fliege. Wisst ihr, beim Morphen muss man immer von seiner natürlichen Gestalt ausgehen. So seltsam das auch scheinen mag, Tobias’ natürliche Gestalt ist jetzt die eines Rotschwanzbussards.

Während ich also nervös wartete, wuchsen Tobias Federn, Flügel, Klauen und ein Schnabel. Und in der Kabine nebenan bekam Ax einen Skorpionschwanz, zwei Stielaugen und vier behufte Beine.

„Fertig?“, flüsterte ich zu Marco hinüber.

„Ja. Los geht’s. Hier drin herrscht Überfüllung.“

Ich sah zu Tobias. Schon komisch, wie vertraut selbst mir inzwischen die Vorstellung war, dass der echte Tobias der Tobias mit den wilden, goldbraunen Augen und dem gefährlichen Hakenschnabel war.

„Fertig?“

<Aber immer.>

„Vielleicht macht’s dir ja Spaß“, sagte ich. „Sollst mal sehen, wie toll Fliegen fliegen können.“

<Ich fliege schon besser als alles andere, was Flügel hat>, sagte er. <Okay. Bringen wir es hinter uns.>

Ich schloss die Augen und begann mich auf den Fliegenmorph zu konzentrieren. Ehrlich gesagt, fühlte ich mich besser, wenn Tobias nervös war. Das lenkte mich von der Tatsache ab, dass mir vom Morphen in eine Fliege übel wurde.

Es mag zwar noch ekligere Viecher als Fliegen geben, aber in denen hab ich bis jetzt sicher nicht gesteckt.

Die erste Veränderung war, dass ich zu schrumpfen begann. Die stählernen Wände der Klokabine schienen in den Himmel zu wachsen. Bald waren sie so hoch wie Wolkenkratzer. Graffitis, die nur Zentimeter groß gewesen waren, hatten nun das Format von Reklametafeln.

Beim Blick nach unten kriegte ich einen ordentlichen Schreck. Es sah genau so aus, als würde ich in die Toilettenschüssel fallen. Die Schüssel wurde immer gewaltiger und schien vom Boden in die Höhe zu schießen, als wäre sie ein Riesenmaul, das mich mit einem Happs verschlingen wollte.

Ich sah den Toilettenpapierhalter vorbeizischen. Eben noch war er unterhalb Hüfthöhe, doch schon im nächsten Moment hob er ab und sauste steil nach oben. Ein irres Bild.

Die Linoleumfliesen wuchsen gewaltig. Die Papierfetzen auf dem Boden wurden zu Bettlaken. Und ein alter Kaugummi mutierte zu einem großen, pinkfarbenen Felsbrocken.

Aber das Schrumpfen war der leichte Teil der Übung. Was nun folgte, war weitaus schlimmer. Ihr müsst euch zunächst mal vorstellen, dass eure Nase und euer Mund irgendwie verschmelzen und diese irrsinnig langen, behaarten, klebrigen, sabbernden Dinger ausbilden, die in den Lehrbüchern als „Mundwerkzeuge" bezeichnet werden.

<AAAAAHHHH! Herrje!>, kreischte Tobias in Gedankensprache.

Sein eigener Schnabel hatte sich eben in jene langen, elastischen, extrem hässlichen Mundwerkzeuge umgewandelt. Kein appetitlicher Anblick.

Wuuusch! Zwei große Beine platzten förmlich aus meiner Brust. Erinnert ihr euch, wie diesem Kerl in dem Film *Alien* das außerirdische Monster aus der Brust springt? Hier war es ähnlich. Nur gab es statt irgendeiner künstlich aussehenden Marionette zwei lange, schwarze, mit dolchähnlichen Borstenhaaren übersäte Gliederbeine.

Das Morphen läuft nie streng logisch ab. Es ist kein gleitender Übergang. Und es ist nicht so, dass jeder Teil von einem allmählich immer fliegenartiger wird. Die Veränderungen geschehen plötzlich und in unerwarteter Reihenfolge. Ich war noch etwa dreißig Zentimeter groß, als sich die Beine durch die Rippen herausschoben. Noch hatte ich Menschenaugen und einen größtenteils menschlichen Körper. Abgesehen von den monströsen Mundwerkzeugen.

„Hey, ist da drin jemand?"

Ich hörte eine Stimme. Und ich hörte, wie die Klotür rappelte. Aber ich konnte nicht antworten. Ich hatte keinen Mund.

<Da versucht einer reinzukommen!>, sagte Tobias.

<Ich weiß!>

<Was machen wir?>

<Morph weiter. Für einen Rückzug ist es jetzt zu spät.>

„Hey, ist da drin irgendwer? Ich muss dringend."

Aus meinen Händen waren die Anhängsel einer Fliege geworden. Ich besaß zwei hakenförmige, klauenartige Krallen und kleine, haarige Kissen, die eine Art Klebstoff absonderten. Und ich konnte *hören*, wie meine Innereien matschig weich wurden, während sich ganze Organe wie Leber, Milz und Nieren zu den ungleich primitiveren Gedärmen einer Fliege umformten.

Meine Knochen lösten sich auf, sodass meine noch überwiegend menschlichen Beine wabbelig wurden und sich in verkochte Spagetti verwandelten.

Inzwischen war ich etwa so groß wie ein kleiner Hund. Ich hatte Fliegenbeine, aber keine Flügel. Ich besaß die Augen eines Menschen und die massiven Mundwerkzeuge einer Fliege. Bei Tobias ging es ähnlich chaotisch zu. Und in dem Moment griff der Kerl, der so nötig musste, über die Kabinentür und entriegelte sie.

Die Tür ging auf. Ich konnte gar nichts tun.

„Oh. Ohhh. OOHHH! Oh, nein! NEEIN! NEEIN! NEEEEIIIN! AAAAAHHHH!"

Der Mann stand da und glotzte.

Ich winkte ihm mit einem stachelhaarigen, klauenbewehrten Bein zu.

„AAAAHHHHH! Hilfe! Hilfe! Hilfe!“

Die Tür wurde zugeknallt.

<Schnell! Wir sollten besser Fliegen sein, bevor er hier mit Verstärkung anrückt!>

„Hilft mir denn keiner? Polizei! Irgendjemand!“

Ich schrumpfte weiter und jetzt bemerkte ich, dass meine hauchdünnen Insektenflügel erschienen, angewachsen an den großen, spannfederartigen Muskeln auf meinem Rücken.

„Da sind Monster in der Toilette!“

<Was ist bei euch drüben los?>, fragte Marco aus der Kabine nebenan.

<Wir sind aufgeflogen>, sagte ich. <Beeilt euch.>

Meine Menschenaugen sahen immer weniger und zum Schluss wurde es dunkel. Sekunden verstrichen in völliger Blindheit, während meine Fassettenaugen wuchsen. Dann sah ich urplötzlich eine Welt aus zersplitterten Bildern – wie tausend mikroskopisch kleine Fernseher, die alle ein geringfügig abweichendes Bild empfangen.

<Übrigens, Tobias, gib Acht auf die Fliegeninstinkte>, warnte ich.

In meinem seltsamen Sehfeld sah ich etwas Schwarzes und Verschwommenes vorbeihuschen. Eine andere Fliege. Tobias?

<Tobias, fliegst du hier rum?>

Bomm, bomm, bomm, BA-DOMM, BA-DOMM.

Dröhnende, hämmernde Vibrationen lenkten mich ab. Viele schwere Füße kamen auf mich zugerannt.

RUMMS! Die Tür der Kabine wurde aufgerissen. Ich spürte den Luftzug über mir. Er bewegte die Haare auf meinem Rücken. Meine Fühler zitterten wie verrückt.

Gefahr!

Ich stieß mich mit meinen sechs Beinen ab, schaltete meine Fliegenflügel ein und sauste von dem schmutzigen Linoleumboden hoch.

<Wir sind hier drüben schon in der Luft>, berichtete Marco.

„Sie waren hier, wenn ich es Ihnen doch sage. Monster! Wie … wie unheimliche, mutierte Dinger!“

„Sir, wie viele Drinks hatten Sie während des Fluges?“

<Tobias!>, rief ich. <Bist du okay? Tobias!>

Keine Antwort.

Ich sauste wie verrückt durch die Gegend, vorbei an den freiheitsstatuengroßen Menschen. Meine Sinne fingen an die hundert interessante Gerüche auf: Fäulnis, Schweiß, Dreck, Abfall. Und alle waren sie faszinierend für mein Fliegenhirn.

Doch noch immer sah ich Tobias nicht.

KAPITEL 6

<Tobias! Wo steckst du? Das Fliegenhirn hat dich überwältigt. Kämpf dagegen an!>

<Kuckuck, Tobias>, sagte Marco. <Los, komm in die Gänge. Wir haben nicht viel Zeit.>

<Tobias! Ich bin es, Aximili. Bestätige dein individuelles Bewusstsein.>

<Was sagt der Typ?>, lachte Marco. <Sein was bestätigen?>

Dann hörte ich in Gedanken eine zittrige, unsichere Stimme. <Äh, hallo? Ich bin's. Ich meine, ich bin's, Tobias.>

Ich vollführte aberwitzige Kreisflüge in der Toilette, machte einen schnellen Purzelbaum und landete kopfunter an der Decke.

Meine Krallen klammerten sich an winzigen Unebenheiten in der Farbe fest. Und die klebrigen Haftpolster an meinen Füßen erledigten den Rest.

<Tobias? Wo bist du? Geht's dir gut?>

<Schätze, ich hab für eine Minute die Lage nicht gepeilt.>

<Tja, das passiert manchmal bei einem neuen Morph. Weißt du, bis man sich an die Instinkte des Tiers gewöhnt hat.>

<Ja>, sagte Marco. <Aber danach kannst du dein ‚individuelles Bewusstsein bestätigen'.>

<Tobias? Wo bist du?>

<Also … es ist glatt. Ähm, es war anders, als ich drauf landete. Es war glatt und weiß. Allerdings nass. Die Oberfläche ist noch feucht. Und ich glaube, unter mir befindet sich ein großer See oder so was.>

<Bist du rechts rauf oder was?>

<Quer rüber. Ich hocke seitlich auf einer glatten, feuchten Oberfläche, die wohl mal weiß war. Und unter mir ist ein großer See.>

Für einen Moment dachten wir alle über diese Beschreibung nach.

<Oh Mann!>, schrie Marco. <Tobias, du sitzt in der Kloschüssel!>

<Tobias, mach, dass du da rauskommst, ehe jemand die Spülung drückt>, sagte ich und konnte nur mühsam ein Lachen unterdrücken.

<Äh … erinnert ihr euch, wie ich sagte, dass es bei meiner Landung hier anders aussah? Es war hell. Jetzt ist es dunkel.>

Wir alle überlegten kurz, was man aus dieser neuen Information schließen konnte.

<Bäh, pfui TEUFEL!>, sagte Marco halb lachend, halb verängstigt.

<Tobias, ich glaube, der Grund, warum es dunkel wurde, ist der, dass sich jemand hingehockt hat.>

<Sekunde. Du sagst, ich sei in einer Kloschüssel. Und jemand habe sich draufgesetzt. Aber dann ... oh Mann.>

<Vorsicht: Steinschlag der besonderen Art>, ulkte Marco.

<Was hat das alles zu bedeuten?>, fragte Ax.

<Tobias, ich finde, du solltest nicht nur aus Sicherheitsgründen diesen Ort verlassen, sondern auch, um etwas zu vermeiden, das zu eklig ist, um auch nur darüber nachzudenken.>

<Wie? Wie? Der Ausgang ist versperrt, um es mal vorsichtig auszudrücken!>

<Probier den Spalt zwischen der Brille und dem Porzellan.>

<Oh.>

<Achte auf das Licht. Es wird ja wohl etwas Licht durchscheinen.>

<Flieg Richtung Licht>, sagte Marco.

<Mach, dass du da rauskommst!>

<Der Spalt! Ich habe den Spalt gefunden!>

<Ich bin völlig verwirrt>, gestand Ax.

<Okay, ich bin draußen>, sagte Tobias. <Das ist so absolut widerlich. Langsam wünsche ich mir, der Ellimist hätte mir meine Morphingkräfte nie zurückgegeben.>

<Das glamouröse Leben eines Superhelden>, sagte Marco.

<Apropos Glamour – wir müssen den Ausgang finden und in dieses Flugzeug rein>, erinnerte ich alle Mann. <Rachel und Cassie sind wahrscheinlich schon dort.>

<Ich kann die Tür anhand des Luftzugs finden>, sagte Tobias.

<Ja. Fliegt in Richtung der Frischluftzufuhr. So müssten wir in den Terminal rauskommen. Dann brauchen wir bloß noch den Duft von dieser Windel aufzuschnappen und ihm bis zum Gate zu folgen.>

<Hey, Tobias kann uns führen>, rief Marco fröhlich. <Er hat doch damit jetzt sozusagen Erfahrung.>

<Oh, halt du bloß die Klappe>, knurrte Tobias.

<Kann mir jemand erklären, was gerade passiert ist?>, fragte Ax.

<Vielleicht, wenn du älter bist>, sagte Marco.

KAPITEL 7

Es war nicht gelogen, als ich Tobias erzählte, dass es cool sei, als Fliege zu fliegen. Ich meine, es hat seine Schattenseiten, weil man nicht sehr gut sehen kann. Sich im Flug umschauen geht also nicht.

Aber nichts fliegt wie eine Fliege. Verglichen mit einer Fliege ist jeder Vogel ein großer, schwerfälliger Wal. Fliegen können senkrecht nach oben fliegen. Und senkrecht abwärts. Sie können in Sekundenbruchteilen wenden. Und damit meine ich eine volle 180-Grad-Kehre mitten in der Luft, null Problem.

Sie können sowohl auf der Seite fliegen als auch auf dem Rücken. Sie beherrschen Loopings und Achterfiguren. Und sie können selbst in einem kleinen Saftglas einen Achter fliegen.

Und im Gegensatz zu Vögeln können Fliegen auf jedem Untergrund landen. Ausnahmslos. Ob waagrecht, senkrecht, rau, glatt, nass, trocken, ruhend oder beweglich, lebendig oder nicht.

Fliegen sind sehr erstaunliche Insekten. Sehr eklige und sehr erstaunliche Insekten.

<Okay, das ist cool>, sagte Tobias. <Sobald man über den Umstand weg ist, dass einem beim Anblick des eigenen Körpers das Kotzen kommt.>

<Dieses Gefühl hat Marco in seinem menschlichen Körper>, sagte Rachel hämisch.

Wir hatten Cassie und Rachel in der Luft in der Nähe der dreckigen Windel entdeckt.

<Oooh. Verletze mich nicht mit dem Chakram deines Witzes, *Xena,*>, sagte Marco.

<Häh?>

<Chakram>, sagte Marco, als müsste jeder Idiot das Wort kennen. <Na, das metallene Frisbee-Ding, das Xena schleudert. Wie, seid ihr etwa Kulturbanausen, Leute?>

Marco liebt es, Rachel zu necken, indem er sie „Xena, die Kriegsprinzessin“ nennt. Was kein schlechter Vergleich ist, abgesehen von der Tatsache, dass Rachel keinen Lederrock trägt.

Marco und Rachel haben eine seltsame Art von Beziehung. Ich bin noch nicht dahinter gestiegen, ob sie nur nach außen so tun, als könnten sie sich nicht leiden, während sie sich insgeheim mögen und bewundern, oder ob sie sich tatsächlich nicht ausstehen können. Unterschwellige Schwingungen im Verhalten von Menschen kann ich nicht gut deuten. Hier vertraue ich eher auf Cassie.

<Also, was jetzt?>, fragte Tobias.

<Jetzt entern wir diese Maschine>, sagte ich. <Aber Achtung. Seid alle sehr vorsichtig. Gebraucht eure Fliegen-

instinkte: Ausweichen, sobald sich etwas auf euch zubewegt.>

<Ich kann mehr oder weniger das Gate sehen>, sagte Cassie. <Nee, Moment mal, es könnte auch das Fenster sein. Da liegt das Problem: Das Gate hat nicht genügend Kontrast zwischen Hell und Dunkel um es klar erkennen zu können.>

<Fliegt in die Nähe einer Person. Bleibt bei dieser Person, bis ihr das Gate passiert habt. Von da finden wir allein raus.>

Unter mir sah ich einen Menschenkopf und hielt darauf zu. Stop! Ich drehte ab. Der Kerl hatte eine Glatze. Wahrscheinlich hätte er es gespürt, wenn ich auf ihm landete. Da! Eine Frau mit einer Mordsfrisur. Ausgezeichnet. Ich landete auf Haaren wie verstärkte Ankerkabel. Ich konnte die Luft vorbeistreichen fühlen, während wir langsam vorwärts gingen.

Das Licht wechselte plötzlich, und die Geräusche, die ich hörte, schienen zu hallen. Wir waren in der Fluggastbrücke. Dann sagte eine Stimme: „Hallo, willkommen an Bord!“

Ich war an Bord des Jets. <Sind alle hier?>, fragte ich. Sie waren. Ich seufzte erleichtert. Das heißt eigentlich ist das nur so eine Redewendung. Ich hatte ja keine Lungen.

Ich landete auf der Gepäckablage. Sie bestand aus perforiertem Plastik. Viele Löcher in einer anscheinend kreisrunden Anordnung. Mit gespreizten Beinen stellte ich

mich über eines der Löcher und spähte auf die Leute hinab, wie sie ihre Plätze einnahmen.

<Ax, du behältst die Zeit im Auge, ja?>

<Jawohl, Prinz Jake.>

<Du weißt, ich mag es nicht, wenn du mich Prinz Jake nennst. Ich bin kein Prinz.>

<Ja, Prinz Jake, das weiß ich.>

<Gut, solange wir uns darüber einig sind.>

Wir warteten. Und warteten. Und Ax zählte die Minuten herunter. Andaliten haben eine natürliche Begabung zur präzisen Zeiterfassung. Fünfzehn Minuten waren vergangen, seit wir uns auf der Herrentoilette gemorpht hatten.

Endlich spürte ich, wie das tiefe, beunruhigende Rauschen der Triebwerke sich zu einem immer schrilleren Pfeifen steigerte. Dass ich auf einer Lautsprecherabdeckung hockte, bemerkte ich, als die Stewardess bekannt gab, alle Passagiere sollten nun den Sicherheitsgurt anlegen. Der Krach fegte mich fast von meinem Sitz herunter.

Eine Minute lang irrte ich ziellos herum, ehe ich auf dem Schnappschloss eines Gepäckfachs landete.

<Na, wie geht's euch denn so?>, fragte ich.

<Zwanzig Minuten sind schon herum>, sagte Ax.

<Und wie lange dauert dieser Flug, Marco?>

<Eine Stunde und dreißig Minuten. Damit bleiben uns nach der Landung noch knappe fünfzehn Minuten zum Aussteigen und Zurückmorphen.>

<Das wird ein bisschen eng>, meinte Rachel.

<Hmm.>

Es gab für uns nicht viel zu tun, während das Flugzeug die Startbahn entlangraste und abhob. Der Flug war im Grunde langweilig. Bis das Essen serviert wurde.

Oh Mann, ihr habt ja keine Ahnung, wie sehr mein Fliegenkörper sich danach sehnte, auf diesem Salisburysteak zu landen und in der Soße herumzuplatschen.

Aber das wäre einem Selbstmord gleichgekommen.

<Hört mal, so schmeckt Bordverpflegung viel besser>, sagte Marco.

<WAS?>

<Nur die Ruhe, von dieser Mahlzeit hat schon jemand gegessen. Ich bin an den Resten.>

<WAS?>

„Entschuldigen Sie, junge Frau, aber an Bord dieser Maschine scheint es eine Menge Fliegen zu geben."

Ich hörte die Stimme. Sie klang wie die Ankündigung, dass man zum Direktor ins Büro kommen muss. Das machte mir Angst.

<Habt ihr das gehört?>

<Was gehört?>, fragte Tobias. <Hier reden alle. Das ganze Flugzeug ist –>

<Jemand hat sich gerade über die Fliegen beschwert. Über *uns.*>

„Ich werde sehen, was ich tun kann, Sir", antwortete eine zweite Stimme.

<Man will sehen, was sich tun lässt!>

„Das würde ich begrüßen. Ich bin nämlich im Vorstand dieser Fluggesellschaft und habe soeben gesehen, wie eine Fliege auf meinem Salisburysteak gelandet ist."

<Marco!>

„Jawohl, Sir! Ich werde mich persönlich darum kümmern!"

<Ax! Wie lange noch bis zur Landung?>

<Zehn Minuten.>

<Okay. Alle Mann nach hinten! Raus aus der ersten Klasse!>

Wir flitzten los, sechs plötzlich putzmuntere Fliegen, und sausten wie irre an der Decke entlang, in Richtung Heck. Wir zischten durch den Vorhang, der die erste Klasse von den normalen Passagieren trennt. Ich dachte, wir wären hier sicher. Dann …

Alarm!

Ich spürte einen Luftwirbel, als ein riesenhaftes Objekt auf mich zugeflogen kam.

Ich stoppte, drehte ab und schoss nach rechts weg, gerade als fünf Finger, so groß wie Redwoodbäume, vorbeirasten und hinter sich einen regelrechten Tornado auslösten.

Ich landete auf der Gepäckablage, wo ich meine Nerven zu beruhigen versuchte.

<Mann, das war vielleicht knapp>, murmelte ich. <Seid ihr alle noch okay? Wie viel Zeit haben wir noch, Ax?>

Seine Antwort bekam ich nie zu hören. Wieder fühlte ich eine Hand rasch näher kommen. Ich stieß mich von der

Decke ab, surrte los, duckte mich … und wurde von der zweiten Hand erwischt. Jener, die mich schon erwartet hatte.

<Aaaahhhh!> Die Hand packte mich! Ich wurde rückwärts gegen eine Wand aus Fleisch gedrückt. Es war, als würde ich von einem Besen weggefegt. Wieder ließ ich meine Flügel surren, merkte aber, dass einer beschädigt war. An Flucht war somit nicht zu denken.

Ich sah die Wand auf mich zukommen. Meine Fassettenaugen zerlegten sie in tausend winzige Bilder des Verderbens. Und ich konnte absolut nichts tun. Es war einer jener Albträume, in denen man sieht, dass gleich etwas Schreckliches passieren wird, aber man kann sich nicht bewegen oder auch nur schreien.

WAMMM!

Was für ein Schlag. Ich spürte den ungeheuren Druck dieser wuchtigen Hand auf mir.

Jemand hatte mich platt geklatscht.

KAPITEL 8

Ich wurde in die Lebenslinie der Hand gequetscht. Und nur dank dieser winzigen Furche blieb ich überhaupt am Leben.

Aber ich war zerschmettert.

Mein linker Flügel war abgerissen, der rechte ließ sich kaum bewegen. Auf dem rechten Auge war ich blind.

Vier meiner Beine waren gebrochen. Am weitaus schlimmsten jedoch war, dass mein Körper, mein grünschwarzer Leib, aufgeplatzt war.

Doch ich fühlte keinen Schmerz. Keinen Schmerz. Nur Entsetzen.

<Aaaahhh! Aaaahhh! Aaaahhh!>

<Jake! Was ist passiert?>, schrie Cassie.

<Jake, was ist los?>

<Ich … mich hat jemand platt gemacht.>

<Bist du in Ordnung?>, fragte Tobias.

<Nein. Mich hat's ziemlich übel erwischt. Ich kann mich nicht rühren. Und Fliegen geht schon gar nicht. Ich klebe fest. An der Decke.>

<Oh mein Gott>, flüsterte Cassie.

<Sobald er sich zurückmorpht, ist er wieder fit>, sagte Marco.

<Wie soll er sich denn zurückmorphen?>, fragte Tobias. <Er hängt platt gedrückt an der Decke. Wenn er sich hier zurückmorpht, kriegen das alle Passagiere mit.>

„Der Kapitän hat die Anzeige zum Anschnallen eingeschaltet. Wir gehen in den Sinkflug über."

<Leute … ich hab so das Gefühl, dass mir vielleicht bald die Lichter ausgehen>, stöhnte ich. <Mir ist so schwummerig. Meine Gedärme hängen überall rum. Ich glaube, ich sterbe.>

<Morph dich zurück!>, schrie Cassie.

<Das geht nicht!>, rief Marco. <Man wird ihn sehen. Es sind wahrscheinlich Controller mit an Bord!>

<Mir doch egal. Es geht um Jake. Ich werde ihn nicht sterben lassen!>

An diesem Punkt begann mein Verstand zu kreisen. Als könnte ich mich nicht richtig konzentrieren. Ich hörte sie in meinem Kopf streiten. Stimmen … Stimmen …

<Jake! Bist du noch da?>, fragte jemand. Vielleicht Tobias.

<Ja. Ooh-uuh.>

<Er stirbt!>, fauchte Cassie. <Wartet mal! Ich hab 'ne Idee.>

Gute alte Cassie, dachte ich. Gute alte Cassie. Sie war so hübsch. Sie selbst hielt sich nicht für hübsch, aber sie war es. Jawohl. Ich erinnere mich, wie ich sie das erste Mal sah … Und Rachel war dabei. Schule? Nein, es war … es war …

Plötzlich war ich umringt von Monstern. Ich sah sie über mir kreisen, in der Luft schweben, dann landen. Sie hatten riesige, vorquellende Augen, die mit ihren unzähligen winzigen Fassetten schimmerten. Und sie hatten grässliche Gesichter, aus denen diese langen, ekelhaften Rüssel ragten wie Zungen, die saugen konnten. Ihre Flügel waren hauchdünn.

Sie packten mich mit ihren krallenbesetzten Füßen.

<Oh, armer Jake>, rief eine verzweifelte Stimme.

<Sollen wir ... sollen wir seine Innereien mit einsammeln oder was?>

<Beeilt euch einfach!>

<Jake, streng dich an, Mann. Halte durch. Lass uns nicht im Stich.>

<Festhalten, Jake. Halte dich fest, wir werden dich retten.>

Und dann gab's einen furchtbaren Ruck.

<Ahhh! Oh Mann. Das Bein, das ich gerade festhielt, ist abgerissen!>

<Ich kann mich nicht an euch festhalten, wenn ihr alle gleichzeitig mit den Flügeln schlagt. Die Luft wirbelt zu stark!>

<Lasst ihn nicht fallen! Ja nicht loslassen!>

Ich schwebte durch die Luft. Ich war jetzt ziemlich ruhig. Irgendwie friedlich.

Als mir dämmerte, dass die Hälfte meines Körpers fehlte, war ich schon etwas beunruhigt. Aber es war eine ganz ferne Sorge. So, wie ich mir wegen etwas Sorgen machte, das ich im Fernsehen sah. Nicht wegen etwas, das mit mir geschah.

<Okay, okay. Wir sind jetzt im Waschraum. Jake! Morph dich zurück!>

<Komm schon, Jake. Auf, zurück ins menschliche Leben.>

Worüber regten die sich alle so auf? Schrien herum und nervten mich.

<Jake, hier ist Cassie. Hör mir zu. Du musst dich zurückmorphen. Und zwar jetzt gleich.>

Cassie. Oh ja. Sie war es. Ich mochte sie.

<Jake, tu es! Jetzt! Sofort! Werde ein Mensch.>

Ein Mensch?

Sicher. Warum nicht?

<Na endlich!>

Ich begann mich zu verwandeln. Und während ich dies tat, wurde ich stärker. Ich fühlte, wie das Leben in mich zurückströmte. Ein menschliches Wesen begann zu entstehen, diktiert von den Strukturen meiner DNS. Submikroskopische Kodes, die einen Menschen in der Art und Weise schufen, wie Worte ein Buch ergaben.

Die Welt drehte sich um mich herum. Verschwommene Bilder wurden klarer. Ich befand mich in einem kleinen Raum. In einem sehr kleinen Raum. Im Waschraum eines Flugzeugs.

Ich erhaschte mein Spiegelbild, als gerade mein verbeultes Fliegengesicht dahinschmolz, in die Höhe wuchs und sich zu einem menschlichen Antlitz umformte.

<Alles in Ordnung bei dir?>, fragte Rachel ängstlich.

Ich bewegte meine Kinnlade. „Ja“, sagte ich. „Ich denke schon.“

Es waren Fliegen bei mir im Waschraum. Und wisst ihr, was echt verrückt ist? Mein erster Gedanke war, sie platt zu machen.

KAPITEL 9

Zum Glück schien niemandem aufzufallen, dass ich vor Verlassen des Waschraums nicht an Bord des Flugzeugs gewesen war. Wir landeten, deshalb waren die Flugbegleiter wohl abgelenkt.

Wahrscheinlich bemerkten sie, dass ich keine Schuhe anhatte und eine sehr schräge Kombination aus Radlershorts und T-Shirt trug. Aber es war, wie gesagt, das Ende des Flugs. Sie wollten vermutlich bloß landen und dann ab nach Hause.

Ungefähr fünf Minuten vor Ablauf der Morphzeit verließen wir die Maschine. Ein arg gebeutelter Junge und fünf sehr ungeduldige Fliegen.

Sie morphten wieder auf der Toilette. Ich pflanzte mich auf einen schwarzen Plastikstuhl, stützte meinen Kopf in die Hände und versuchte meinen Fingern das Zittern abzugewöhnen.

Nach einer Weile bemerkte ich, wie sich Cassie auf den Stuhl neben mir setzte. Sie sagte kein Wort, sondern legte einfach ihren Arm um mich und drückte mich so fest, wie das im Sitzen eben ging.

Ich schloss meine Augen und ließ mich von ihr drücken. Und nach einer Weile fühlte ich, wie meine Hände etwas weniger zitterten. Im Magen fühlte ich mich noch ziemlich flau, so als müsste ich gleich kotzen. Dafür hatte das Zittern aufgehört.

„Das war übel."

„Oh, ja. Das war übel. Aber ich bin okay. Alles easy."

Cassie nickte und zog ihre Hand zurück. „Na gut. Aber du musst dich wegen deiner Angst nicht schämen, Jake."

„Nein, nein, mir geht's gut", sagte ich. Ich stand auf, aber meine Knie gaben beinahe nach. Ich griff nach hinten an die Stuhllehne. Und dann drückte ich mich langsamer hoch.

Rachel war zum Büro der Western Union gegangen. Wir brauchten Klamotten und wie sich herausstellte, kann man Geld telegrafisch anweisen lassen und es durch Eingabe eines Passworts abheben. Rachel ging das Geld holen und besorgte uns bei einem Laden am Flughafen etwas, das an Schuhe erinnerte. So, jetzt wisst ihr, wohin unser Taschengeld wandert.

Die anderen kamen soeben aus der Herrentoilette. Sie hatten länger gebraucht, weil Tobias und Ax beide einen zusätzlichen Morph machen mussten um Menschen zu werden.

„Na, alles easy, Mann?", fragte mich Marco.

Ich setzte ein dämliches Grinsen auf. „Besser als vorher", sagte ich. „Ich trage meine Gedärme lieber in mir anstatt sie überall verschmiert rumliegen zu sehen."

„Ja, Innereien sollten das Tageslicht nicht erblicken“, bestätigte Tobias.

„Schön, das war aufregend, aber jetzt sind wir ja hier“, kam ich schnell zur Sache. „Wir haben was zu erledigen. Also packen wir’s an. Marco? Wie sieht der Plan aus?“

„Wir fahren mit dem Bus von hier ins Stadtzentrum. Dort befindet sich das WAA-Gebäude. Wir brechen ein, knacken die Computer, holen uns die gewünschten Informationen, kommen wieder hierher und nehmen eine Maschine nach Hause.“

„Das mit dem Flieger müsste der sichere, leichte Part sein“, sagte Rachel. „Hoffentlich sind die WAA-Büros nicht so gefährlich wie das blöde Flugzeug.“

„Hey, für den Rückflug nehmen wir eine andere Fluggesellschaft“, sagte Marco. „Und zwar eine, die ein Herz für Fliegen hat.“

Ich versuchte zu lachen, aber ich weiß nicht, ob es echt klang. Über die Heimkehr hatte ich noch nicht nachgedacht. Aber eines war sicher. Ich wollte nicht wieder als Fliege reisen.

Wir nahmen den Bus ins Stadtzentrum, stiegen aus und fragten eine Nonne nach dem Weg. Erstaunlicherweise wusste sie, wo das Büro von Web Access America war. Es lag ein paar Blocks entfernt.

Unterwegs machten wir kurz bei einem Taco Bell-Imbiss halt. Die Preise dort konnten wir uns leisten. Und es hob meine Laune ein wenig, als Ax zu spinnen anfing und lauter Tütchen mit scharfer Soße auslutschte.

Der Geschäftsführer warf uns hinaus.

„Ihr Bengel bleibt draußen. Kauft eurem bekloppten Freund doch eine Flasche Tabasco, wenn er's braucht!"

„Was ist Tabasco? Tah-bah-sco. Sco. Ist das lecker und würzig?", fragte Ax, während er mit unseren Tüten voller Tacos und Burritos auf dem Gehweg weiterlief.

„Ja, dir würde das wohl schmecken", sagte Rachel.

Das WAA-Haus war eines jener mittelgroßen Gebäude, vielleicht zwanzig Stockwerke hoch und nicht übermäßig modern. Wir bummelten davor herum und dachten über unseren nächsten Schritt nach. In dem Moment kam ein Bus angefahren und eine Menge alter Leute stiegen gemächlich aus.

Jemand trat breit lächelnd aus dem WAA-Gebäude und schüttelte dem Leiter der Reisegruppe die Hand.

„Ganz pünktlich, meine Herrschaften. Wenn Sie dann so weit wären, könnten wir sofort mit unserem Rundgang beginnen."

Wir schauten uns an. „Die haben hier Führungen?", wunderte sich Tobias.

„Sieht so aus. Schätze, wir können mit denen mitlatschen."

Wir schlossen uns dem Ende der Reisegruppe an. Niemand von den alten Leuten schien was dagegen zu haben. Im Grunde sind Kinder, glaube ich, für alte Menschen irgendwie unsichtbar, außer wenn es sich um ihre Enkel handelt oder sie rotzfrech sind. Wir waren dagegen höflich und leise und niemand sagte ein Wort.

„Wie Sie vielleicht schon wissen, ist Web Access America der größte Onlinedienst in Amerika, mit über neun Millionen Teilnehmern", sagte der Führer.

„Na, das ging ja locker", raunte Marco mir zu.

„Noch haben wir nichts erreicht", erinnerte ich ihn.

„Als Erstes zeigen wir Ihnen jetzt unsere ‚Kommandozentrale'. Von hier aus wird der Datenverkehr in unserem gesamten Netz überwacht."

Marco grinste. „Wie wenn man einem Baby Süßigkeiten wegnimmt."

Wir fuhren mit Fahrstühlen hinauf und gingen einen Flur entlang, in dem Porträts von Typen hingen, die wohl die Besitzer von WAA waren. Ich erkannte nur einen wieder.

Bei dem überdimensionalen Ölgemälde in dem Goldrahmen blieb der Führer stehen.

„Und das ist unser Firmengründer, Joe Bob Fenestre. Im Anschluss zeigen wir Ihnen noch einen kurzen, unterhaltsamen Film über das faszinierende Leben von Mr Fenestre."

Marco hob die Hände und machte eine Art Verbeugung, als würde er Joe Bob Fenestre anbeten. Rachel zupfte ihn am Hemd.

„Hey, geplant war eigentlich *keine* Aufmerksamkeit zu erregen, du Schlauberger."

„Tut mir Leid", sagte Marco und tat so, als würde er sich eine Träne abwischen. „Das ist Joe Bob Fenestre. Ich liebe Joe Bob. Ich bewundere Joe Bob. Ich möchte Joe Bob *sein.*"

„Ich wusste gar nicht, dass du dich so für Computer interessierst", sagte Cassie.

„Ich meine, ich wusste schon, dass du mit ihnen herumspielst, aber –"

Marco machte eine wegwerfende Handbewegung. „Es geht mir nicht um Computer. Wen scheren schon Computer?"

„Na hör mal, ist das denn nicht der große Hit von Mr Fenestre?"

Marco schüttelte den Kopf, als hätte Cassie was Idiotisches gesagt, und ging weiter.

Cassie sah mich an.

„Joe Bob Fenestre ist der zweitreichste Mann der Welt, Cassie", erklärte ich. „Ich denke, das interessiert Marco mehr als Computer. Hey, Marco?"

„Was?"

„Wie viel Kohle hat dieser Fenestre denn?"

„*Mister* Fenestre besitzt vierundzwanzig Komma neun Milliarden Dollar. Das sind vierundzwanzigtausend Millionen."

„Ist das viel?", fragte Ax.

„Du könntest damit alle Tabascosoße auf der Welt kaufen, Ax. Sämtliche Tabascovorräte auf der ganzen Welt und dann hättest du immer noch genug übrig, um dir ein eigenes kleines Land zu kaufen."

Wir bogen um eine Ecke und dort, durch die Glasscheiben, sahen wir das Rechenzentrum. Es sah aus wie die Bodenstation der NASA. Lauter Männer und Frauen, die in langen Reihen an Computerpulten saßen. Wir hielten etwas Abstand zur Gruppe um ungestört reden zu können.

„Also, hier ist es“, sagte ich. „Und wie kommen wir da jetzt rein?“

KAPITEL 10

„Genau, wie sollen wir reinkommen?“, fragte Rachel. „Es ist helllichter Tag. Überall sind Leute. So gehen wir normalerweise nicht vor. Normalerweise machen wir so was nachts.“

Ich sah mich um. Die Reisegruppe entfernte sich. Sehr bald würde irgendjemand bemerken, dass wir uns hier rumtrieben. In der Kommandozentrale unter uns herrschte ein reges Kommen und Gehen. Aber es war irre schwer, sich auszumalen, welche Art Tiermorph wir benützen konnten um uns da unbemerkt einzuschleichen und eine Tastatur zu bedienen.

Ich war durcheinander. Und auch sonst schien keiner irgendwelche brillanten Einfälle zu haben. Ich schaute zu Marco. Er zuckte die Achseln. Dann schaute ich zu Rachel.

„Wir könnten ein Ablenkmanöver probieren“, meinte sie. „Ein Feuer legen und dann, wenn alle flüchten …“

„Rachel, das sind nette, normale, unschuldige Menschen, keine Controller, soweit wir wissen“, erklärte ich. „Wir können doch nicht durch die Gegend ziehen und normale Leute erschrecken und noch dazu gefährden.“

Sie nickte, als habe sie verstanden. Ich bin mir ziemlich sicher, dass sie es tatsächlich tat.

Dann kam mir plötzlich ein Gedanke. „Das ist es: Wir morphen uns in nette, normale Menschen!"

„Was?"

„Wir übernehmen die DNS von einigen der Leute, die hier arbeiten. Wir morphen uns in sie und spazieren einfach da rein." Kaum hatte ich zu Ende gesprochen, da dachte ich: *Wow, irgendwas ist an der Sache nicht ganz sauber.*

„Ich find's brillant", sagte Marco. „Vielleicht unmoralisch, aber brillant."

„Menschen sind exakt die Tiere, für die diese spezielle Umgebung der normale Lebensraum ist", dozierte Ax.

„Wir halten uns gerne für was Besseres als Tiere", erklärte Rachel.

„Warum?"

Sie zuckte die Achseln. „Keine Ahnung. Das ist eben so. Oder dann zumindest für die besten Tiere, die es gibt."

„Die besten?", wiederholte Ax. „Wie definiert ihr *die besten?*"

„Von allen Tieren haben allein wir die Fähigkeit Fernsehshows zu entwickeln", sagte Marco. „Was soll eigentlich dieses Gequatsche? Ax' Menschenmorph enthält DNS-Teile von uns allen. Wo ist der Unterschied?"

„Wir haben damals zugestimmt", sagte Cassie. „Und unsere Erlaubnis dazu gegeben."

„Wen kümmert's, solange es funktioniert?", meinte Rachel.

„Was unterscheidet uns dann noch von den Yirks?“ Das kam aus überraschendem Munde: von Marco. Wollte er jetzt in beide Richtungen argumentieren oder hatte er seine Mcinung geändert?

„Wir würden ja nicht ihren Geist übernehmen“, sagte Rachel. „Sondern nur ihre DNS benützen. Kein Unterschied zu irgendeinem Tiermorph.“

Alle sahen mich an. Als könnte ich so eben in zwei Minuten eine gewichtige moralische Frage auf dem Flur entscheiden. Was sollte ich tun? Wir befanden uns im Kriegszustand. Konnte es denn so schwer sein, etwas zu tun, bei dem wir uns unwohl fühlten?

Ich schüttelte den Kopf. „Der einzige Grund, warum wir kämpfen, ist der, die Freiheit der Menschen zu bewahren“, sagte ich. „Wenn wir anfangen dagegen zu verstoßen und ohne Zustimmung die DNS von anderen Leuten benützen, sind wir zwar vielleicht nicht so schlimm wie die Yirks. Aber wir steuern in dieselbe Richtung. Wir müssen einen anderen Weg finden.“

Cassie sah mich an, als ob sie stolz auf mich wäre. Um ein Haar wäre ich rot gworden.

„Also, wie wollen wir das erledigen, weswegen wir uns hierher begeben haben, oh furchtloser Anführer?“, fragte Rachel.

„Wir machen das mit dem Ablenkungsmanöver. Aber wir werden weder etwas in Brand stecken noch irgendwen gefährden. Wir geben ihnen einfach was zum Sehen, das so aufregend und abgefahren und unmöglich zu ignorieren ist, dass sie nicht mitkriegen werden, was hinter ihrem Rücken passiert. Ax und Marco sind die Computerprofis. Die zwei gehen rein. Ax als Mensch und Marco als er selbst."

„Marco also nicht als Mensch?", fragte Rachel schnell und lachte über ihren eigenen Witz.

„Das war echt gut." Marco machte ihr ein Kompliment. „Und fix dazu."

„Danke."

Ich atmete tief durch. „Noch mal. Ax und Marco gehen rein. Wir anderen ziehen eine Show ab, die niemand übersehen kann. Und dann alle Mann ab durch die Mitte."

KAPITEL 11

Zur Vorbereitung verschanzten wir uns in einem Putzmittelschrank. Ax und Marco liefen eilig die Treppe runter und außen herum zum Eingang der Kommandozentrale.

<Alle bereit?>, fragte ich.

<Ja. Aber ich will euch nur mal sagen, dass ich das absolut würdelos finde>, meckerte Rachel.

<Hast du deinen Mopp?>

<Ja, ich habe meinen Mopp>, äffte sie mich nach.

<Cassie? Bist du fertig?>

<Ja. Aber diese Schuhe dürfen wir jetzt nicht verlieren. Unser Geld ist alle.>

Wir hatten unsere Schnürsenkel zusammengeknotet und hängten uns die Schuhe um den Hals. Alle außer Tobias natürlich. Seine würde ich mir später schnappen.

<Sind alle fertig?>, fragte ich noch mal. Man war. <Okay, los geht's!>

<Da gibt's nur ein kleines Problem, Jake>, meldete sich Rachel. <Wer soll die Tür von dem Schrank hier öffnen?>

Wir hatten uns gemorpht. Rachel war inzwischen ein mächtig großer Grislibär und hatte sich auf ihren Hinterbeinen aufgerichtet. Sie war gut zwei Meter zwanzig hoch, mit Klauen wie die Zinken von einem Eisenrechen und einem rauen, zottigen, braunen Fell.

Ich war in meinen Tigermorph geschlüpft. Wir hatten absichtlich große, Furcht erregende Tiere gewählt, mit denen sich wohl keiner anlegen würde. Die Leute sollten uns bestaunen, aber nicht versuchen uns einzufangen.

Tobias war wieder er selbst. Ein Rotschwanzbussard.

Und Cassie hatte sich in das schrecklichste aller Tiere verwandelt: ein Stinktier.

Aber keiner von uns hatte Hände, die die Schranktür öffnen konnten.

<Rachel? Warum machst du sie nicht einfach auf?>

<Cool.> Sie beugte den Oberkörper zurück, dann warf sie sich nach vorn und ließ ihre Schulter von der Größe einer Rinderhälfte gegen die Tür krachen.

KAA-RRRUNTSCH!

<Bitte. Jetzt ist sie auf.>

Ruhig trotteten wir auf den Flur raus und hinüber zum Beobachtungsfenster, von dem aus man nach unten ins Rechenzentrum sehen konnte. Wir blickten auf die WAA-Angestellten an ihren Computer-Workstations hinab.

<Keiner schaut her>, beschwerte sich Tobias. Er saß auf Rachels Kopf. <Sie haben uns nicht bemerkt.>

<Dem kann ich abhelfen>, sagte ich.

Das Brüllen eines Tigers ist ohne Übertreibung meilenweit zu hören. Von nahem und persönlich werdet ihr die-

ses Geräusch nie erleben wollen – außer es sind zwischen euch und dem Tiger ein paar dicke, massive Stahlstäbe.

Es ist laut. Und zwar auf eine Art laut, die sämtliche Urängste eines Menschen brutal weckt. Ich habe erlebt, wie selbst tapfere Männer bei diesem Gebrüll zu Boden gingen. Es verwandelt ihre Knie in Wackelpudding.

Ich holte tief Luft und dann …

RRRROOOOOAAAAARRRR!

<*Jetzt* haben sie uns bemerkt>, sagte Tobias.

Fünfzig oder sechzig Augenpaare waren gleichzeitig herumgefahren und glotzten nun zu uns hoch. Und was sie da sahen, ließ sie wie gebannt weiterstarren. Rachel, die gewaltige, Furcht einflößende, irre starke Rachel, wischte ganz ruhig den Fußboden und schwang den Mopp wie ein Profi.

Ich half ihr dabei, indem ich den Wischeimer im Maul trug.

Tobias umkreiste uns wild kreischend.

TSSII-ÄÄRR! TSSIIIRR! TSSSII-ÄÄÄÄRR!

Es fiel absolut niemandem auf, als Marco und Ax die Kommandozentrale durch die Hintertür betraten und sich an eine der Workstations setzten. Für den Zugriff war nicht mal ein Passwort erforderlich. Der Rechner war von dem Mann, der ihn bedient hatte, eingeschaltet im Stich gelassen worden. Auch er starrte mit weit aufgerissenen Augen und noch weiter aufgerissenem Mund zu uns herauf.

Mit meinen empfindlichen Tigerohren konnte ich durch das Glas hören.

„Ist das ein Bär?“

„Ja.“

„Und er wischt den Fußboden?“

„Hm-mm.“

„Sind wir verrückt geworden?“

„Nicht ich bin verrückt, sondern der Bär. Da oben ist alles mit Teppichboden ausgelegt.“

„Wieso trägt er Turnschuhe um den Hals?“

Ein paar Leute schrien. Einige flüchteten. Die meisten glotzten nur, während wir herumtollten und uns amüsierten.

<Marco hat mir zugezwinkert>, berichtete Tobias. <Sie kommen offenbar gut voran.>

<Noch zwei Minuten, dann verschwinden wir, ehe jemand da unten auf die Idee kommt den Sicherheitsdienst zu alarmieren>, sagte ich.

<Zu spät>, meldete Cassie. <Da sind sie schon. Zwei Kerle mit Revolvern.>

<Oh, Mist. Also gut. Zuerst versuchen wir sie zu vertreiben.>

Zwei Männer in grauen Uniformen kamen um die Ecke in unser Blickfeld gerannt. Mit gezückten Ballermännern. Sie bemerkten Cassie nicht mal, sondern starrten nur entsetzt und verwirrt auf die bescheuerte Szenerie von einem Bussard, einem Bären und einem Tiger, die alle anscheinend intensiv damit beschäftigt waren, einen mit Teppichfliesen ausgelegten Boden nass zu wischen.

Ich setzte den Eimer ab.

RRRROOOOOAAAAARRRR!

Einer der Männer ließ seine Wumme fallen und flüchtete. „Uah-ah-ah-ah!“

Der andere zitterte, blieb jedoch standhaft.

„Ihr T-T-Tiere verschwindet jetzt. Ihr d-d-dürft hier doch ga-gar nicht rein!“

<Der Typ ist echt bewundernswert>, sagte Rachel. <Er muss doch wissen, dass seine kleine Spielzeugknarre keinen von uns lang aufhalten würde.>

<Ja, gut, *mich* schon>, sagte Tobias finster. <Ich bin bloß ein kleines Vögelchen.>

„Stehen bleiben oder ich sch-sch-schieße!>

<Okay, Cassie>, sagte ich. <Ich hasse das zwar, aber setz ihn außer Gefecht, ehe er tatsächlich hier rumballert.>

Cassie drehte ihren Rücken dem Wachmann zu, hob ihren schwarzweißen Schwanz und schaute mit ihrem knuddelig süßen Gesicht nach hinten über die Schulter. Dann senkte sie ihre Schwanzspitze.

Solltet ihr je ein Stinktier bei dieser Abfolge von Tätigkeiten sehen, dann lauft weg. Lauft weit, weit weg und dreht euch nicht um. Der Wachmann wusste das nicht.

<Feuer!>, befahl ich Cassie.

Sie feuerte.

Der Wachmann, der sich einem Grislibären und einem Tiger in den Weg gestellt hatte, die beide Gulasch aus ihm hätten machen können, kapitulierte. Niemand, aber wirklich niemand kann nach einer solchen Stinktierdusche noch mutig sein.

„Aaaaarrrggghhh!“ Er ließ die Pistole fallen und rannte davon.

<Okay, jetzt türmen wir auch!>, sagte ich.

<Das war irgendwie lustig>, sagte Rachel.

Wir rannten los, unsere billigen Tennisschuhe im Schlepptau. Dann entdeckten wir einen Fahrstuhl. Tobias flog hin und drückte den Knopf mit seinem Schnabel. Aus den Zimmertüren starrten uns die Leute an. Wir brüllten und – schwupps – huschten sie wieder rein.

Die Fahrstuhltür glitt auf. In der Kabine waren ein leitender Angestellter und ein Fahrradkurier. Sie beschlossen auszusteigen, als wir in den Lift drängten.

Rachel langte mit einer Klaue nach dem Knopf, auf dem Ausgang stand. Und als wir unten ankamen, waren die einzigen Personen im Fahrstuhl vier Jugendliche, die enge Klamotten und Billigschuhe trugen.

Schwer bewaffnete Polizisten eines Sondereinsatzkommandos stürmten mit automatischen Gewehren in die Lobby. Marco und Ax standen bereits in einer Ecke und mimten faszinierte Beobachter.

„He, Kinder, habt ihr vielleicht einen Bären gesehen?“, fragte einer der Cops.

„Ja, klar“, lachte Rachel. „Einen Bären.“

Wir gingen zu Marco und Ax rüber und verließen das Gebäude. Ich seufzte erleichtert. „Na, wie lief’s?“

„Wir hatten keine Probleme, Prinz Jake“, sagte Ax.

„Ja. Null Problem“, sagte Marco. Aber er schien mitgenommen, vielleicht war ihm schlecht.

„Also, was ist los?"

Er zuckte mit den Schultern. „Nix Schlimmes. Als wir erst im System drin waren, ging alles kinderleicht. Wir hatten reichlich Zeit. Deshalb dachte ich mir, warum nicht noch einen oder zwei weitere Usernamen abchecken?"

„Deswegen waren wir aber nicht hier", mahnte Tobias.

„Diese Tussi mit dem Usernamen PrtyGirl802. Sie schickt mir so Anmache-E-Mails, wisst ihr. So was, wie dass sie auf mich abfährt. So Zeugs eben."

„Dann hast du also rausgefunden, wer sie ist?", fragte Cassie. „Das ist aber nicht die feine Art."

„Genau, ohne Witz, das war nicht die feine Art. Ich hab rausgekriegt, dass meine Onlinefreundin PrtyGirl802 in Wahrheit eine pensionierte Postbeamtin von dreiundsiebzig Jahren ist."

KAPITEL 12

Wir mussten uns die Liste der Namen einprägen, die wir herausgefunden hatten. Es gab keine Möglichkeit, sie irgendwo zu notieren. Meistens sagten uns die Namen gar nichts. Es waren bloß Namen. Und ich werde hier nur die Vornamen benützen.

Bis auf den einen Namen, der wirklich herausstach.

Joe Bob Fenestre. „Fitey777“ war in Wirklichkeit der milliardenschwere Boss von Web Access America.

„Das gibt's doch nicht“, sagte Marco. „Dieser Kerl hängt in Chatrooms rum? Ich an seiner Stelle würde meinen Tag damit verbringen, mich in großen Stapeln von 100-Dollar-Scheinen zu wälzen. Und dann würde ich Michael Jordan dafür bezahlen, dass er herkommt und mir beibringt, wie ich meinen Dreierwurf verbessern kann –“

„Du hast keinen Dreierwurf, Marco“, verbesserte ich.

„– und ich würde meinen muskulösen Körper von den Darstellerinnen aus *Baywatch* mit Sonnenöl einschmieren lassen.“

„Dann hast du wohl gleich ein paar Muskeln dazugekauft“, sagte Rachel. „Ich wusste gar nicht, dass das geht.“

„Wenn dein Geld nur noch in Milliarden zählbar ist, kannst du dir alles kaufen“, sagte Marco. „Einschließlich Glück. Vorausgesetzt, man versteht unter Glück einen Privatjet, Supermodels und ein eigenes Papa John's-Pizzarestaurant im Keller.“

„Du solltest dein Gehirn nach deinem Tod unbedingt der Wissenschaft vermachen“, sagte Rachel. „Da sitzen schließlich die mit den Mikroskopen, die nötig wären um es zu finden.“

Ich lachte. Mürrisch zog Marco eine Braue hoch, als wäre ich ein Verräter.

Ich zuckte die Achseln. „Sorry, aber dieser Punkt geht an Rachel.“

Wir waren mit dem Bus zum Flughafen zurückgefahren und freuten uns über den gelungenen Ausgang unserer Mission. Aber ich war besorgt wegen der Heimreise. Ich wollte nicht wieder im Fliegenmorph an Bord dieses Flugzeugs gehen. Allerdings fiel mir keine Alternative ein.

Ich hatte Angst. Ganz einfach Schiss.

Gleichzeitig hatte ich auch Angst den anderen von meiner Angst zu erzählen. Verrückt, was? Angst zu haben und sich vor Leuten zu fürchten, die glauben, dass man Schiss hat!

Als wir das Flughafengebäude betraten, zitterte ich. Keine Ahnung, ob irgendjemand es bemerkte. Ich konnte mich nicht zittern sehen, ich konnte es nur spüren. Es war, wie wenn man Fieber hat und so friert, dass die Magenwände wackeln und man sich zu einer Kugel zusammenrollen und fünf Bettdecken übereinander türmen will.

Die anderen quasselten munter weiter. Und hin und wieder gab ich meinen Senf dazu oder grinste. Klar, damit niemand auf die Idee kam, irgendwas sei nicht in Ordnung. Aber ich schwitzte. Ich wischte mir mit dem Ärmel über die Stirn und der Ärmel war danach so nass, als hätte ich ihn ins Spülbecken gehalten.

„Hört mal, vielleicht sollten wir auf dem Heimweg irgendeinen anderen Morph probieren", sagte Cassie leichthin.

Aha. Dann war es also doch immerhin einer aufgefallen: Cassie. Sie versuchte mir einen Ausweg zu verschaffen ohne mich in Verlegenheit zu bringen.

„Warum?", fragte Ax.

„Weiß nicht", sagte Cassie mit einem Anflug von Gereiztheit. „Es könnte doch witzig sein, es mal anders zu machen."

„Das haben wir schon geklärt", sagte Rachel vernünftig. „Wir haben beschlossen, dass der Fliegenmorph am geeignetsten ist, richtig? Ich meine, bloß weil Jake gewisse Schwierigkeiten hatte, ist die Idee an sich ja nicht schlecht."

Bingo. Darauf konnte Cassie nichts erwidern, ohne dass klar geworden wäre, dass sie mich schützen wollte. Und das konnte ich nicht auf mir sitzen lassen.

„Fliege ist okay", sagte ich so cool wie möglich. „Immer noch der beste Morph für diese Aktion."

Ich schätze, Cassie war etwas sauer auf mich. „He, Jake", sagte sie mit gespielter Fröhlichkeit. „Komm, geh mir 'ne Brezel kaufen. Ich hab Hunger. Geht ihr anderen ruhig schon mal vor."

Cassie nahm mich beim Arm und zog mich mit. Die anderen liefen weiter.

„Das war raffiniert", sagte ich. „Ich hab nämlich kein Geld mehr."

Cassie sah mich kopfschüttelnd an. „Was ist los mit dir? Du musst das nicht tun. Du brauchst niemandem zu beweisen, wie taff du bist."

„Klar, Cassie. Danke, aber lass es gut sein, okay?"

„Jake, du hast vielleicht die anderen an der Nase rumgeführt, aber mich täuschst du nicht. Du hast Angst. Und du hast allen Grund dazu. Wo ist das Problem?"

Ich wollte weggehen. Aber ich spürte, dass das nicht in Ordnung war. Ich drehte mich zu ihr um. „Das Problem ist, dass ich der Anführer dieser kleinen Armee sein soll."

„Na und? Und ein Mensch sollst du nicht sein?"

„Absolut korrekt. Dafür ist kein Platz."

Sie lachte unsicher, als wüsste sie nicht genau, ob ich einen Scherz machte oder nicht. „Niemand erwartet von dir, dass du Superman spielst, Jake. Glaubst du, die anderen werden dich nicht respektieren, wenn du zugibst, dass du vor etwas Angst hast?"

„Es geht nicht um Respekt. Es geht nicht mal darum, Angst zu *haben*. Sondern darum, sich von der Angst vorschreiben zu lassen, was man tun soll."

„Wenn es eine unbegründete Angst ist, musst du sie überwinden“, sagte Cassie. „Aber für diese Angst gibt es einen Grund. Du wärst beinahe getötet worden.“

Ich schüttelte den Kopf. „Nein. Du hast ja meistens Recht, Cassie, aber diesmal irrst du dich. Wenn ich nämlich vor der Angst kapituliere, dann ist das ein Freibrief für jeden, dasselbe zu tun, verstehst du? Und wir alle haben gute Gründe Angst zu haben. Da wären wir sehr bald schachmatt. Wir könnten gar nichts mehr tun, weil einer von uns immer mit irgendeinem guten Grund ankäme, warum er die Hosen voll hat.“

„Wir morphen uns nicht mehr in Ameisen, weil die uns allen Angst eingejagt haben, vor allem aber Marco“, gab Cassie zu bedenken. „Und das Thema Termitenmorphs ist auch erledigt wegen meiner Probleme mit ihnen. Wo ist der Unterschied?“

„Der Unterschied ist der, dass ihr alle beschlossen habt, ich soll euer Anführer sein“, sagte ich. „Das ist der Unterschied. Ein Anführer kann genauso schwach oder ängstlich sein oder zweifeln wie jeder andere. Er darf es bloß nicht zeigen. Es heißt, die Menschen wollen Anführer, die genauso sind wie sie, aber das glaube ich nicht. Die Leute wollen, dass ihre Anführer so handeln, wie sie sich wünschen selber handeln zu können. Marco und Rachel und Tobias und Ax wollen von mir keine Erlaubnis zum Angsthaben, sondern dass ich ihnen helfe mutig zu sein.“

Cassie sah mich lange an. Ich schaute weg und fühlte mich unwohl.

„Wir haben dir also keinen Gefallen getan, als wir dich zum Anführer machten, oder?“, fragte Cassie.

Ich zwang mich zu einem grimmigen Lächeln. „Da wäre noch etwas, was ein Anführer nicht tut“, sagte ich. „Über diese Rolle klagen.“

„Trotzdem haben wir den Richtigen ausgesucht“, sagte sie.

Wieder wollte ich weggehen, aber sie packte mich am Arm. „Sieh mal, vielleicht hast du ja Recht. Aber ich könnte wetten, selbst große Generäle und Präsidenten oder was auch immer haben Freunde, bei denen sie aufrichtig sein können. Menschen, die nie das Vertrauen zu ihnen verlieren würden, komme, was da wolle.“

In diesem Moment verspürte ich den brennenden Wunsch in Tränen auszubrechen. Außerdem hatte ich das Bedürfnis Cassie fest an mich zu drücken. Beides tat ich nicht.

„Los, komm“, sagte ich. „Die anderen warten schon.“

KAPITEL 13

Wir kehrten heil nach Hause zurück. Niemand zerquetschte mich und ich fühlte mich besser, weil ich meine Angst überwunden hatte. Wenigstens redete ich mir das ein. Man überwindet die Angst nie ganz. Die Angst frisst ein kleines Loch. Wie Rost in die Stoßstange eines Autos. Man füllt das Loch mit Kitt, schleift die Stelle glatt und überstreicht sie, damit es sonst keiner sehen kann. Aber die Stelle ist nie wirklich wie neu.

Als ich daheim ankam, war ich erschöpft. Mein Bruder war in der Küche und telefonierte, während er Erdnussbutter auf einen Cracker schmierte. Als er mich kommen hörte, änderte er seinen Tonfall.

Früher hätte ich angenommen, dass er sich mit einem Mädchen unterhielt. Jetzt musste ich davon ausgehen, dass er mit irgendeinem anderen Controller sprach.

Im Kühlschrank fand ich leckere Reste: Grillhähnchen mit Kartoffelbrei. Ich häufte mir reichlich auf einen Teller und stellte ihn in die Mikrowelle.

„Ich muss los“, sagte Tom in den Hörer und legte auf.

„Was geht so ab?“, fragte ich ihn.

„Nix“, sagte er und verließ die Küche.

Ich nahm mein Essen mit auf mein Zimmer. Ich schaltete meinen Computer ein, zögerte dann aber. Stattdessen setzte ich mich und mampfte lustlos vor mich hin, während ich auf den leeren Bildschirm starrte.

Also. Was hatte es zu bedeuten, dass Joe Bob Fenestre der so genannte „Fitey777“ war? Nach dem Chat zu urteilen, den wir belauscht hatten, war Fitey777 ein echter Yirkgegner. Nicht wie dieser YrkH8er, der ganz offensichtlich ein Controller war.

Aber so einfach war es nicht. Joe Bob Fenestre hatte Zugang zu sämtlichen WAA-Daten. Deshalb wusste er, wer all die anderen Leute in diesem Chatroom wirklich waren. Er wusste sogar, wer die Webseite eingerichtet hatte.

Fenestre hatte Zugriff auf alle möglichen Informationen. Ihm gehörte der größte Onlinedienst des Landes. Vielleicht hatte er auf diese Weise von der Existenz der yirkanischen Invasion erfahren.

Vielleicht hatten die Yirks aber auch erkannt, wie wichtig Fenestre war und ihn deshalb zu einem Controller gemacht. Das ergäbe einen Sinn.

Damit waren wir so schlau wie vorher. War Fenestre ein echter Feind der Yirks? Oder war er ein Controller, der die Webseite als Lockmittel benützte um echte Feinde der Yirks anzulocken?

Wir mussten es rausfinden. Ich überlegte, dass ich mal zu Marco rüberdüsen und ihn dazu bringen sollte, sämtliche Artikel über Joe Bob Fenestres Haus raufzuladen. Er wohnte nicht weit weg. Er flog täglich mit dem eigenen Privatjet zu seinen WAA-Büros.

Ich fühlte mich total erschlagen. Mir war, als könnte ich eine Woche am Stück schlafen.

Aber die Wochenenden waren unsere beste Zeit. Der Schulalltag war härter. Und morgen, Sonntag, war das Wochenende vorbei.

Ich ging nach unten. Meine Eltern waren beide soeben mit Kaufhaustüten unterm Arm hereingekommen. Anscheinend waren sie shoppen gewesen.

„Hey, Jake", sagte mein Papa.

„Hallo, mein Süßer, es sind noch ein paar Tüten im Auto", sagte meine Mama.

Ich trug die Tüten rein.

„Ich bin gerade auf dem Sprung", sagte ich.

Meine Mama schaute mich fragend an. „Warst du nicht schon den ganzen Tag weg?"

Ich zuckte die Achseln. „Kann schon sein."

„Würde es dich umbringen mit deiner Familie gemeinsam zu Abend zu essen?"

„Ist denn schon Essenszeit?"

„Das ist es, sobald ich diesen Lachs zubereitet habe, den ich gestern gekauft habe", sagte sie. „Das letzte Mal hat er dir geschmeckt. Ich habe ihn hauptsächlich dir zuliebe gekauft."

Schuldgefühle. Super. Ich lächelte. „Na ja, du hast mir nicht gesagt, was du da brutzeln wolltest. Marco kann warten. Ich bin hier."

Wir versuchen das Telefon nicht zu oft zu benützen. Telefonleitungen können sehr leicht angezapft werden. Außerdem weiß ich nie, ob Tom nicht vielleicht mithört. Deshalb konnte ich Marco oder Rachel nicht anrufen. Ich würde die Nachforschungen allein anstellen müssen. Wenn wir in Joe Bob Fenestres gut gesicherten Palazzo einsteigen wollten, mussten wir schon wissen, worauf wir uns da einließen.

Solange meine Mutter kochte, machte ich mich über ein paar Hausaufgaben her. Dann brüllte mein Vater die Treppe rauf, dass auf Showtime eine Wiederholung des Kampfes laufe, der vorher nur im Pay-TV zu sehen war. Also nahm ich meine Hausaufgaben mit runter und arbeitete dort, immer mit einem Auge am Fernseher.

Dann aßen wir zu Abend. Wir vier. Genau wie früher.

Mein Vater verhedderte sich in einer langatmigen, echt langweiligen Story über seine Arbeit. Und meine Mutter fragte mich und Tom nach der Schule. Dann merkte mein Vater, dass er einen Teil seiner langweiligen Geschichte vergessen hatte, deshalb musste er diesen Teil noch nachholen. Und meine Mutter sagte, sie hoffe, dass uns die Klamotten gefielen, die sie im Einkaufszentrum gekauft hatte. Und natürlich machten Tom und ich uns darüber lustig, wie sie wahrscheinlich auf einem Secondhand-Wühltisch gesucht hatte. Diesen alten Witz brachten wir immer an, wenn meine Mutter für uns Klamotten kaufte.

Es war so normal. Tom und ich. Unsere Eltern. Meine Mutter und mein Vater, die sich gegenseitig die Hände drückten, als wären sie bei ihrer ersten Verabredung.

Anschließend saß ich da, vollgestopft mit Fisch und Reis und Erbsen, und schob noch etwas namens Tiramisu in mich hinein. Das ist ein italienisches Dessert, das mit irgendeinem alkoholischen Getränk zubereitet wird.

Ich wollte glauben, dass all das hier echt war. Denn darum allein ging es bei unserem Kampf. Der einzige Sinn, warum wir Gefahren auf uns nahmen und die Yirks bekämpften, war es, solche langweiligen Allerweltsmomente wie diesen zu erhalten.

Ich erinnerte mich daran, wie ich zermatscht an der Decke des Flugzeugs klebte. Und ich erinnerte mich an den Tag, an dem wir Tom beinahe hätten retten können, unten in der Hölle des Yirkpools. Das machte mich wütend. Meistens wollen die Menschen bloß in Ruhe gelassen werden. Sie wollen nur dahocken und ein gutes Abendessen genießen und langweilige Geschichten erzählen und Witze, die sie schon ein Dutzend Mal erzählt haben.

Aber vermutlich gibt es da draußen immer jemanden, der meint, das Leben, das gute, alte, fade, süße Alltagsleben, wäre nicht genug. Und an dem Punkt beginnt das Töten. In diesem Krieg waren es die Yirks. Doch auch davor hat die Menschheit schon unzählige Kriege gegen sich selbst angezettelt.

Was ist nur los mit den Menschen? Warum kapieren sie nicht, dass alles, worauf es ankommt, ist, dass Menschen,

die sich lieben, zusammen in Frieden leben, lernen, arbeiten, langweilige Geschichten erzählen und blöde Witze verzapfen können? Was, glauben sie, werden sie Besseres kriegen?

„Du bist so still, Jake", bemerkte meine Mutter. „Hängst du tiefsinnigen Gedanken nach?"

Ich lächelte. „Ich dachte, es wäre cool, wenn wir wieder öfter gemeinsam zu Abend essen würden." Ich sah zu Tom. „Das war klasse. Ich hoffe, dass keinem von uns was zustößt und wir immer zusammen sein werden."

Der Yirk in Toms Kopf durchforstete Toms Gedächtnis, öffnete seine Erinnerungen und las darin wie in einem Buch. Er spielte auf den Saiten von Toms Gehirn wie ein Violinist, der einer Geige perfekte Töne entlockt.

Der Yirk hatte die Antwort gefunden, die Tom gegeben haben würde. Er richtete Toms Augen aus und ließ sein Gesicht höhnisch lächeln. Er öffnete Toms Mund und ließ Tom die Worte sagen, die er selbst gesagt haben würde, wenn er gekonnt hätte.

„Hey, Mama, kein Tiramisu mehr für Jake. Der Alkohol macht ihn beschwipst."

Ich lachte, so wie es sein sollte. Und im Inneren dachte ich: *Der Tag wird kommen, Yirk, wo ich dich aus diesem Kopf zerren und vernichten werde für das, was du meiner Familie angetan hast.*

KAPITEL 14

Während ich den Abend mit meiner Familie verbrachte, war Marco fleißig gewesen: Er hatte sich mit dem hackersicheren Programm, das Ax für ihn geschrieben hatte, noch einmal in diesen Chatroom eingelinkt. Er berichtete uns davon, als wir zum Wald bei Cassies Farm hinaustrabten. Hier draußen konnten Tobias und Ax beide sie selbst sein.

„Da waren fast wieder dieselben Leute", erklärte Marco. „Ein paar neue Namen waren dabei, aber GoVikes, YrkH8er, Chazz, CKDsweet, YeerKiller9, Carlito, MegMom und Gump8293 waren alle da. Der kleine Gump redete immer noch über seinen Dad. Ich habe den Eindruck, er will möglicherweise seinen Vater zur Rede stellen."

„Das dürfen wir nicht zulassen", sagte Cassie.

„Gump ist ein Junge von neun Jahren", erinnerte ich alle. „Er wohnt nahe genug. Meg, Chazz und CKDsweet sind alle von auswärts, manche leben ganz weit weg. Somit bleiben uns noch GoVikes –"

„– ein Idiot", warf Rachel ein.

„– YrkH8er, Gump und natürlich Fitey777", beendete ich den Satz.

<YrkH8er ist ein Controller, richtig?>, fragte Tobias. <Ich meine, er verhält sich wie einer. Wie ein Controller, der sich als Feind der Yirks auszugeben versucht.>

Tobias thronte auf einem Ast in etwa fünf Metern Höhe. Seine Fänge hatten sich tief in die lose Rinde gegraben.

Cassie nickte bedächtig, als ob sie sich nicht so sicher wäre. „YrkH8er ist ein Typ namens Edward Cheltingham. Wie alt war er – dreißig Jahre? Aber wisst ihr was? Ich hab heute Morgen im Telefonbuch nachgeschaut und da gab's keinen Edward Cheltingham. Nur zwei Cheltinghams waren drin – und das waren beides Frauen."

„Na und? Dann hat er eben 'ne Geheimnummer", sagte Rachel.

„Schon möglich. Aber vielleicht ist Edward Cheltingham genauso ein Aliasname wie YrkH8er", sagte Cassie. „Kann man sich nicht unter irgendeinem Namen eine falsche Identität mitsamt einer Kreditkarte besorgen und dann ein WAA-Konto eröffnen?"

Darauf war offenbar niemand außer Cassie gekommen.

„Oh", sagte Rachel. „Spitze. Ein neuer Schwierigkeitslevel. Dieser Typ könnte also jeder sein."

„Wir haben eine Adresse von ihm", sagte Cassie. „Die könnten wir überprüfen." Sie sah mich an. „Wir haben auch eine Adresse von Gump."

„Um Gump geht's doch gar nicht", sagte Marco. „Fenestre ist die zentrale Figur in diesem Spiel. Er ist der wichtigste Mann. Stell dir vor, was bei ihm passiert, und du weißt über alles Bescheid."

„Vielleicht", räumte Cassie ein. „Aber er kann warten. Gump könnte genau jetzt in Schwierigkeiten stecken."

„Sieh mal, Cassie", sagte Marco, „es ist Sonntag. Wenn wir Fenestre ausspionieren wollen, dürfte das wohl einige Zeit dauern. Was ein Wochenende bedeutet, also heute. Gump können wir an jedem Tag nach der Schule abpassen. Montag. Dienstag."

„Wenn Montag nicht zu spät ist. Wenn dieser kleine, verängstigte Junge nicht heute irgendwann mit seinem Papi redet und Papi ein Controller ist. Dann war's das nämlich für Gump. Gump macht entweder die Verschwindibusnummer. Oder er wird zum neuen Wirt für irgendeinen rangniedrigen Yirk."

Die beiden sahen zu mir rüber. Ich sollte entscheiden, was für uns oberste Priorität hatte. Einen Neunjährigen zu retten oder vielleicht die ganze Sache mit einer Razzia in Fenestres Villa auffliegen zu lassen.

Ich schaute zu Boden. „Marco, hast du irgendwas über Fenestres Haus rausgekriegt?"

„Nein. Ich dachte, du würdest das machen."

„Ich wurde sozusagen aufgehalten. Große Familienangelegenheit."

„Angeblich gibt es dort massive Sicherheitseinrichtungen", sagte Marco. „Viel so Computerzeugs. Aber das sollte für uns kein Problem sein. Ich meine, Alarmanlagen sollen Menschen abschrecken, stimmt's? Keine Tiere."

Ich nickte. Hoffentlich hatte Marco damit Recht. Ich fühlte einen Anflug von Besorgnis, aber eines stand fest: Fenestre war die zentrale Figur. „Cassie, morgen nach der Schule überprüfen wir als Erstes Gump."

Sie nickte, doch sie schaute verbittert. „Ich hoffe, das ist noch früh genug."

„Yep. Ich auch. Okay." Ich rieb meine Hände gegeneinander, warf Rachel einen großspurigen Blick zu und setzte mein mutigstes Gesicht auf. „Dann lasst uns loslegen. Wollen doch mal sehen, wie die Superreichen leben."

Ich spürte, dass ich einen Fehler beging. Aber ich wusste nicht, was es war. Und ein Anführer muss anführen, nicht herumsitzen und sein Horoskop befragen oder sich den Puls messen.

Also traf ich die Entscheidung.

KAPITEL 15

Ihr meint, ihr hättet schon große Häuser gesehen? Gar nichts kennt ihr, solange ihr nicht das Anwesen von Joe Bob Fenestre gesehen habt, dem WAA-Gründer und Megamilliardär.

Aus der Luft sah es aus wie ein Junior College. Oder wie ein Einkaufszentrum. Ein Dutzend einzelne Gebäude zählte ich. Zwei Gästehäuser, jedes doppelt so groß wie unser Familienhaus. Ein Poolhaus mit Umkleideräumen und einer Bar, die bis zum Rand des Pools reichte, der in Form des WAA-Logos angelegt war. Ein Bootshaus unten beim Flussufer mit einem schnittigen Sportboot am Anlegesteg. Ein Stall, der Platz für ein Dutzend Pferde bot und wie ein Observatorium aussah. Ein Gewächshaus, aus dem hellgrüner Kopfsalat, Kräuter und ganze Orangenbäume leuchteten. Eine Garage, die so groß war, dass leicht dreißig bis vierzig Autos reinpassten. Ein Sicherheitsgebäude mit bewaffneten Wachleuten neben einer vierhundert Meter langen Auffahrt. Und schließlich stand auf einem Hügel, von einem Rasen umgeben, auf dem man das Superbowl-Finale hätte abhalten können, das eigentliche Wohnhaus.

<Dieser Typ versteht es zu leben>, sagte Marco genüsslich. <Eines Tages werde ich das sein.>

<Wer wirst du sein? Der Kerl, der da unten den Rasen mäht?>, spöttelte Rachel.

<Was, glaubt ihr wohl, hat der in seiner Garage stehen?>, fragte Tobias. <Ferraris? Porsches? Jaguars? Lamborghinis?>

<Jedenfalls keine Minivans und Volvokombis>, sagte Marco. <So viel steht fest. Vielleicht ein paar Rolls Royces.>

Wir schwebten etwa fünfhundert Meter über Fenestres Anwesen. Tobias als Tobias, Ax war in seinem Kornweihenmorph, Rachel war ein Weißkopfseeadler, Cassie und Marco waren beide Fischadler. Und ich war in einem meiner Lieblingsmorphs: Wanderfalke. Eines der schnellsten Lebewesen unter der Sonne. Und mit Augen, die aus dreißig Metern Höhe noch einen Floh auf einem Hund erkennen konnten.

Ich hatte irgendwie ein mieses Gefühl gehabt, als ich in diese Mission reinging. Aber jetzt fühlte ich mich ziemlich gut. Wenn ich fliege, fühle ich mich eigentlich immer gut. Wenn man mit ausgebreiteten Schwingen auf einer Warmluftsäule schwebt und außer dem sanften Rauschen in den Federn kein Laut zu hören ist, dann muss man sich einfach gut fühlen. Das ist ein Gefühl von Freiheit, wie man es sich nie erträumen könnte.

Gleichzeitig aber entdeckte ich Details mit meinen laserscharfen Falkenaugen: drei separate Zäune. Einer umgab den gesamten Komplex mit Wäldern, Gärten, Pool, Tennisplätzen und allem. Dann folgte innerhalb des ersten Zauns im Abstand von etwa fünf Metern ein zweiter. Und schließlich waren das Haus und der Rasen noch mal extra eingezäunt.

<Dieser Typ hat doch 'nen kleinen Hau weg, oder nicht?>, sagte Rachel. <Seht ihr die Wachhäuschen an den Ecken des Hauses? Da drin sind Kerle. Kerle mit Kanonen.>

<Und vergesst nicht die Rottweiler>, warnte Cassie. <Zwei Teams mit je zwei Hunden patrouillieren zwischen dem äußeren und dem zweiten Zaun. Und bei beiden läuft noch ein bewaffneter Mann mit.>

<Colonel Hogan würde da nie rauskommen>, sagte ich und freute mich, als Marco und Tobias lachten. <Ich schätze, jetzt wissen wir, wer die Wiederholungen von *Hogans Helden* auf Nickelodeon anguckt.>

<Da ist auch so 'ne Art Unterwasserzaun>, sagte Cassie mit ihren Fischadleraugen, die dafür geschaffen waren, Fische unter der Wasseroberfläche auszumachen. <Ich kann nicht alles sehen, aber da ist eindeutig eine Linie unter Wasser.>

<Ist dieser Mensch in Gefahr?>, wunderte sich Ax.

<Nö, so sind reiche Leute eben>, sagte Marco.

<Okay, wie also kommen wir dort rein?>, fragte ich. <Hat jemand irgendwelche brillanten Ideen?>

<Direkt durch ein Fenster reinfliegen>, schlug Tobias vor. <Auf der Rückseite des Hauses steht eins offen.>

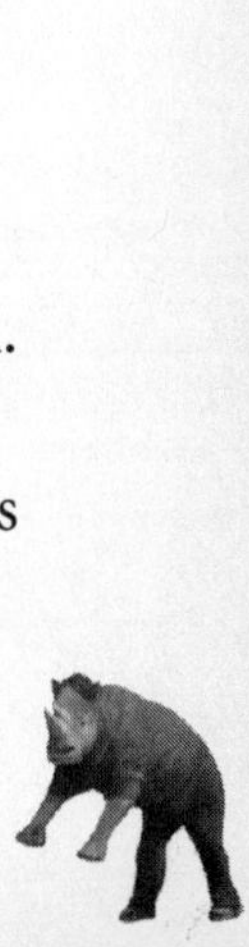

<Und dann?>, fragte Cassie. <Wir müssen uns im Haus doch frei bewegen können. Vielleicht Mr Fenestres Büro finden. Und wir müssen mithören können, was da los ist.>

<Wir könnten wieder als Fliegen gehen>, regte Marco an.

<Wir könnten auch die Ameisen nehmen>, sagte Cassie in ungewohnt scharfem Ton zu Marco, der geschworen hatte sich nie mehr in eine Ameise zu morphen.

Jetzt lag es an mir, zu entscheiden. <Okay, als Erstes gehen wir rein, wie Tobias gesagt hat. Nur Tobias bleibt draußen und benützt seine Augen und Ohren um zu berichten, was er durch die Fenster sieht. Drinnen morpht sich die eine Hälfte von uns in Fliegen und die andere in Schaben. Wir schwärmen aus und bleiben über Gedankensprache in Kontakt. Sobald einer Fenestre entdeckt, ruft er die anderen. Okay?>

<Auf geht's!>, rief Rachel, schüttelte die Luft aus den Federn und schoss auf das offene Fenster zu.

Sie raste hinab, die mächtigen Schwingen angelegt, die Fänge eingezogen, ihren grellweißen Adlerkopf energisch vorgereckt und mit eisernem Blick auf das Fenster.

Cassie war etwa fünf Meter hinter ihr, dann kam ich, dann folgten Marco und Ax. Tobias erwischte einen Aufwind und ließ sich so weit hochtragen, bis er alles überblicken konnte, was auf dem Gelände passierte.

Rachel sauste in die Tiefe. Ich hinter ihr her, schnell wie eine Gewehrkugel.

Im letzten Moment breitete Rachel die Schwingen aus, um ihr Tempo etwas zu drosseln, streckte die Klauen nach vorn und segelte durch das offene –

BOMMMPF!

<Abdrehen! Cassie, dreh ab!>

Cassie reagierte bereits. Sie spreizte ihre Flügel, zog scharf nach rechts und schoss um Zentimeterbreite an der rauen Stuckmauer des Herrenhauses vorbei.

<Rachel!>, rief ich. <Rachel!>

Sie war durch das Fenster gerauscht. Sie war drin. Aber sie antwortete nicht. Und trotz meiner Falkenaugen konnte ich nur eine undeutliche Gestalt erkennen, die auf den Fußboden des Zimmers hingeklatscht lag.

Rachel war bewusstlos.

Wenigstens hoffte ich, dass sie nur bewusstlos war.

KAPITEL 16

Rachel saß in der Falle!

<Abhauen! Alle zurück! Schnell höher!>

BRRRRRRIIINNNNNGGGG!

ScreeeeEEEET! ScreeeeEEEET! ScreeeeEEEET!

Alarmglocken bimmelten. Eine Sirene kreischte los. Ich hörte Männerstimmen schreien.

Ich sah, wie Cassie steil nach oben zog und die Mauerkrone überflog um ihren Schwung nicht zu verlieren. Aber Marco und Ax kämpften mit toter Luft. Und mir erging es nicht anders. Ich schlug wild mit den Flügeln, doch so nah am Boden war die Luft unbewegt und kühl. Ich ackerte noch heftiger und stieg, aber langsam. Zu langsam.

„Knallt sie ab!"

„Was, die Vögel?"

„Ja! Die Vögel! So lautet der Befehl!"

PAMM! PAMM! PAMM!

<Prinz Jake!>, rief Ax, <ich bin getroffen!>

Ich sah, wie die Kornweihe in der Luft taumelte und abzustürzen begann. Konnte ich zu ihm gelangen, bevor er am Boden aufschlug?

<Halt durch, Ax-Man, ich komme>, rief Tobias. Er hatte als Einziger von uns eine nennenswerte Höhe. Und jetzt kam er in einem verrückten, selbstmörderischen Sturzflug heruntergesaust.

Ax war in zehn Meter Höhe gewesen, als er abstürzte. Tobias war noch fünfzehn Meter hoch. Das konnte unmöglich klappen!

Doch Tobias schoss herab wie eine rötliche Gewehrkugel. Er holte Ax ein, als dessen flatternder Körper nur noch einen knappen Meter über dem Boden war.

<Das tut jetzt weh!>, schrie Tobias. Er schlug seine Fänge in Ax' Schulter und Brust, öffnete seine Schwingen und strich über die abfallende Böschung des Rasens davon, nie weiter als zwei Zentimeter vom Verderben entfernt.

Cassie eilte zu Hilfe. Sie packte einen von Ax' Flügeln und schaffte es zusammen mit Tobias, den verletzten Andaliten über den inneren und den zweiten Zaun zu wuchten. Aber im Hundegürtel entglitt er ihnen dann doch.

Zwei der Rottweiler rannten los um ihn zu zerfleischen. Mit malmenden Unterkiefern und sabbernd kamen die Hunde angewetzt. Ihr Trainer folgte langsamer und entsicherte eine Maschinenpistole.

<Cassie! Tobias! Jetzt oder nie!>, schrie ich, während ich in einen flachen Gleitflug überging. Zu flach, zu langsam. Die Hunde sahen mich bestimmt kommen. Trotzdem hielt ich direkt auf sie zu. Direkt auf die Augen des vordersten Tiers. Ich streckte meine Klauen nach vorn.

Aus dem Augenwinkel entdeckte mich der Hund. Er biss zu – ich schlug zu –

Schnapp! Ein mächtiger, mahlender Kiefer schloss sich über meiner linken Flügelspitze. Aber die Zähne fanden nichts als Federn. Ich plumpste ins Gras und überschlug mich. Der Hund ging auf mich los. Noch drei Sätze, dann hatte er mich. Ich war hilflos.

Da kam direkt hinter mir etwas von oben herabgeschossen: ein zweiter Fischadler! Marco!

Marco krallte sich von hinten in den Hund und riss ihm eine blutige Spur quer über den Nacken.

GRRROOWWRR!

Der Hund wirbelte herum, Marco flog davon und ich schuftete wie verrückt um mich vom Boden zu lösen.

Aber der zweite Hund hatte Tobias, Cassie und Ax im Visier. Tobias und Cassie flatterten wild und schleiften Ax' zerzausten Vogelkörper über das Gras. Immer, wenn sie es fast geschafft hatten, abzuheben, rutschten sie wieder zurück. Und jetzt war der Hund über ihnen.

<Lass ihn los!>, rief ich.

<Niemals!>, schrie Tobias.

<Tu es! Tu es oder ihr seid alle tot!>

Tobias und Cassie ließen Ax' Körper los. Sie flatterten weg und der Hund rannte direkt zu dem verwundeten Ax und nahm ihn zwischen die Zähne.

„Fass! Fass, Achilles!“, rief der Hundeführer.

Mit meinen scharfen Augen sah ich, wie der Hund zupackte. Er hielt Ax fest, biss jedoch nicht voll zu.

<Was sollen wir tun?>, schrie Cassie.

<Macht, dass ihr verschwindet! Los! Los!>, rief ich.

Ich erwischte eine leichte Brise, stieg auf und weg war ich. Bewaffnete Männer und noch mehr Hunde umzingelten Ax.

Durch das vermeintlich geöffnete Fenster des Hauses sah ich weitere Männer herbeieilen, die Rachel umstellten.

Zwei von uns geschnappt. Und ich war schuld.

KAPITEL 17

Wir – das heißt die, die noch von uns übrig waren – trafen uns ein paar hundert Meter weiter auf dem Dach einer Imbissbude, wo wir uns, inmitten von Bratfettdunst und sengender Hitze, hinter Klimageräten und Entlüftungsrohren versteckten.

<Wie lange sind wir jetzt schon gemorpht?>, fragte ich.

<Keine Ahnung>, rief Marco. <Woher soll ich das wissen?>

<Wir hätten Ax da rausholen können!>, sagte Tobias vorwurfsvoll.

<Die haben Rachel und Ax>, rief Cassie verzweifelt. <Wir müssen sie befreien!>

Allgemeine Panik. Niemand bei klarem Verstand.

Ich versuchte mich zu konzentrieren. Aber die Klimaanlage ratterte. Und der Mief von gegrillten Burgern und Zwiebeln und Ketschup haute einen um.

<Ich glaube … ich glaube, wir sind seit etwa dreißig Minuten gemorpht>, sagte ich. <Uns bleiben noch eineinhalb Stunden.>

<Um was zu tun?>, fragte Tobias. <Dieses Haus ist eine Festung! Zäune, Hunde und irgendeine Art Kraftfeld vor den Fenstern.>

<Controller>, sagte Marco. <Fenestre ist ein Controller. Das war eine Falle. Muss eine gewesen sein. Wer würde sonst auf Vögel ballern?>

<Rachel und Ax müssen sich in weniger als neunzig Minuten zurückmorphen oder sie sitzen noch ganz anders in der Falle>, sagte Cassie. <Neunzig Minuten. So viel Zeit bleibt uns noch. Wenn sie sich umringt von Controllern zurückmorphen ... also, die wissen dann, dass Rachel ein Mensch ist. Dann können sie sich an zwei Fingern abzählen, dass wir alle Menschen sind. Alle, bis auf Ax.>

<Ich weiß>, sagte ich. Im Grunde war es noch schlimmer. Rachel wusste nämlich, dass sie sich nicht dort zurückmorphen durfte, wo sie von Controllern gesehen werden konnte. Wie ich Rachel kannte, würde sie lieber für immer in ihrem Adlerkörper gefangen bleiben als die Wahrheit preiszugeben. Ihr war klar, dass unsere Tage gezählt wären, sollten die Yirks je erfahren, dass wir keine Bande abtrünniger Andaliten, sondern Menschen waren. Und sehr lange würde man nicht zählen müssen.

<In Adlergestalt festzusitzen ist vielleicht nicht das Schlechteste, was Rachel passieren kann>, sagte Tobias.

<Na klar, auf so was kannst auch nur du kommen!>, höhnte Marco mit beißender Schärfe. <Vielleicht will Rachel aber nicht den Rest ihrer Tage damit verbringen, Mäuse zu vespern und auf Bäumen zu leben wie du.>

<Das meinte ich doch gar nicht>, giftete Tobias zurück. <Ich meinte, dass sie vielleicht nicht mehr lebt. Oder dass der Körper, in dem sie gefangen ist, unrettbar verletzt sein könnte.>

<Ax war am Leben, da bin ich mir sicher>, sagte Cassie eine Spur ruhiger als die beiden anderen.

<War denn nichts von alledem erkennbar, als du die Villa von diesem Irren abgeklopft hast?>, fragte mich Marco.

Ich gab keine Antwort. Ich musste nachdenken. Die Zeit lief uns davon. Tobias und Marco hatten sich in der Wolle. Cassie begann darüber zu lamentieren, wie man früher oder später ihre Eltern finden würde. Jetzt, wo sie Rachel hatten, wäre es nur noch eine Frage der Zeit.

Ich musste einen Plan fassen. Aber wer war ich, dass ich Pläne schmiedete? Ich hatte alle in eine Katastrophe geführt. Rachel … Ax … vielleicht uns alle.

<Ich weiß nicht, was wir tun sollen.> Es kam heraus wie ein Schluchzer. Das war nicht geplant. Ich hatte nicht vorgehabt es auszusprechen.

<Was?>, fragte Tobias.

<Tick-tack, tick-tack>, sagte Marco ärgerlich. <Wir brauchen einen Plan. Die Zeit wird knapp!>

<Ich habe keinen Plan, kapiert?!>, schrie ich.

<Komm mir nicht so!>, rief Marco in meinem Kopf. <Du hast uns das eingebrockt, jetzt hol uns da auch wieder raus!>

<Lass ihn in Ruhe>, kam mir Cassie zu Hilfe.

Doch Marcos Worte waren wie Speere gewesen, die direkt auf mein Herz zielten. Und dass Cassie mich verteidigte, machte die Sache bloß noch schlimmer.

Mein Verstand war gespalten. Der eine Teil raste wie ein Formel-1-Rennwagen, dessen Motor jeden Moment zu explodieren droht. Der andere schwamm in Sirup, festgehalten von der schrecklichen Tatsache, dass Marco die Wahrheit sagte. Ich hatte meine Freunde im Stich gelassen.

<Wir … wir könnten uns in Schaben morphen>, sagte Cassie. <In die Villa krabbeln und –>

<Keine Zeit>, sagte Marco. <Dazu müssten wir uns weit vor dem äußeren Zaun morphen, dann den ganzen Hügel rauflaufen, hunderte Meter weit. Außerdem sind da drinnen Controller. Die warten jetzt nur auf uns.>

<Nein>, sagte ich plötzlich.

<Nein *was*?>, fragte Tobias.

<Das sind keine Controller>, sagte ich und war mir mit einem Mal absolut sicher. <Wann immer wir hinter den Yirks her waren, haben sie wahrscheinlich viele Human-Controller eingesetzt. Aber zur Unterstützung waren immer Hork-Bajirs dabei. Hier sind keine Hork-Bajirs. Und alle haben Schusswaffen benützt, gute alte Allerweltsknarren. Und Hunde. Die Yirks würden keine Hunde einsetzen.>

<Was für ein normales menschliches Wesen würde seine Wachleute anweisen auf Vögel zu schießen?>, fragte Marco.

<Ich weiß nicht. Aber das hier sind Menschen. Nur Menschen. Bloß Rachel und Ax wissen das vielleicht nicht.

Wir müssen sie da rausholen. Und wir haben keine Zeit für raffiniert ausgetüftelte Pläne.>

<Schusswaffen haben die allemal>, warnte Cassie. <Vielleicht ja keine Draconstrahler oder Hork-Bajir-Truppen. Aber trotzdem Gewehre und Zäune und Hunde und wahrscheinlich einige große, dicke Türen.>

<Ja, bestimmt>, pflichtete ich ihr bei. <Und wir haben keine Morphs im Programm, die schnell genug und obendrein zäh genug sind, um dieses Haus aufzumischen, ohne dass sie abgeknallt werden. Aber ich hab ’ne Idee. Wie weit ist es bis zu den Gardens?>

KAPITEL 18

Ich flog, so schnell mich mein Falkenkörper trug. Und das war ziemlich schnell.

Aber der Wind wehte mir entgegen.

Ich versuchte mir einzureden, dass alles gut ausgehen würde, weil er ja auf dem Rückweg dann von hinten käme. Doch wer weiß das schon beim Wind?

Ich ließ Marco und Cassie zurück, da sie die Lage peilen sollten. Außerdem gab ich ihnen die Anweisung nichts zu unternehmen. Ich wollte nicht bei unserer Rückkehr feststellen müssen, dass auch sie geschnappt worden waren.

Aber wer war ich, dass ich irgendwem Befehle gab? Ich hatte meine Freunde in eine Falle geführt. Eine Falle, die ich vielleicht erwartet hätte, wenn ich mir die Zeit für einige Nachforschungen genommen hätte. Aber nein, ich hatte den Abend damit verbracht, dass ich mit meiner Familie Zeit vergeudete.

Cassie hatte von Anfang an Recht gehabt. Wir hätten versuchen sollen Gump zu retten. Das wäre eine Kleinigkeit gewesen. Stattdessen musste ich ja den großen Gene-

ral spielen und zur Jagd auf Fenestre blasen – und das ohne jede Vorbereitung.

Tobias flog mit mir zu den Gardens. Ich wollte allein sein, ehrlich, aber Tobias ist hundertmal erfahrener in der Luft als jeder von uns. Er kennt Winde und Wolken und Aufwinde. Er konnte mir helfen schneller zu fliegen.

Uns waren zuvor bereits weniger als eineinhalb Stunden geblieben. Zu dem Zeitpunkt, als wir die Tiergehege der Gardens überflogen, war es nicht mal mehr eine Stunde. Rechnete man eine halbe Stunde für den Rückweg ein, hatte ich noch eine halbe Stunde um meine Sache hier zu erledigen und später Rachel und Ax draußen in der Villa zu retten.

Es galt keine Zeit zu verlieren.

<Kannst du mir verraten, was wir hier wollen?>, murrte Tobias.

<Genau das da unten>, sagte ich.

Unter uns lag ein Freigehege mit Bepflanzung aus verschiedenen Gräsern, einer schlammigen Suhle und einem Wasserloch. Vier Gestalten tummelten sich in dem Gehege. Vier große Gestalten, die wie Flüchtlinge aus dem Dinosaurierzeitalter aussahen.

<Nashörner?>, fragte Tobias ungläubig.

<Ja. Ich brauche einen Morph, der schnurstracks durch diese Zäune und Türen walzen und notfalls auch ein paar Kugeln wegstecken kann. Hast du 'ne bessere Idee?>

<Nö. Ich nicht. Aber wie willst du nahe genug rankommen um eins von den Viechern zu übernehmen?>

<Zwei der Tiere sind im hinteren Teil des Geheges. Der ist für die Leute nicht so leicht einsehbar.>

<Und du willst da einfach so reingehen?>

<Für was anderes reicht die Zeit nicht.>

<Oh Mann. Hör mal, dann lass mich doch wenigstens ein bisschen für Ablenkung sorgen.>

Ich zögerte. Tobias wartete, dass ich Ja oder Nein sagte. Was, wenn ich falsch lag? Schon wieder? Na ja, ein Ablenkungsmanöver konnte nicht schaden. <Also gut. Aber pass auf dich auf. Hörst du? Verletz dich nicht!>

Tobias schwenkte ab und ich kreiste immer tiefer, als würde ich eine Wendeltreppe runtergehen. Ich zielte direkt auf den breiten Rücken des größten Nashornbullen, spreizte meine Flügel, streckte die Klauen vor und landete, so sanft ich konnte.

Das massige Tier zuckte kaum.

Da thronte ich nun auf seinem Rücken, meine Klauen leicht in das dicke, alte, graue Leder versenkt. So weit, so gut. Aber man kann keine neue DNS übernehmen, solange man gemorpht ist. Ich musste dazu in Menschengestalt sein. Und das versprach heikel zu werden.

Ich blickte zu dem hohen Geländer hinüber, hinter dem die Leute die herumwandernden Nashörner beobachteten. Mit meinen Falkenaugen schienen sie erschreckend nahe. Ich konnte die Farbe ihrer Augen erkennen. Und ich sah, dass am Hemd eines Mannes ein Knopf lose war. Gewiss, sie hatten nur Menschenaugen. Sie konnten nicht annähernd so gut sehen wie ich.

Egal, sagte ich grimmig zu mir selbst. *Keine Zeit zum Grübeln. Mach's einfach.*

Ich begann mich zurückzumorphen. Auf dem Nashornrücken. Meine Falkenfedern fingen an zu schmelzen und ineinander zu laufen, wobei ihre hübsche geometrische Zeichnung zerfloss. Meine Klauen wurden weniger scharf, dicker, plumper und es begannen zusätzliche Zehen zu sprießen. Ich hörte innerlich ein tiefes Rumoren, als sich aus den hohlen Vogelknochen meine Menschenknochen zu strecken begannen.

Ich wog bereits doppelt so viel auf dem Rücken des Nashorns. Würde es mich abwerfen und zertrampeln? Keine Zeit zum Grübeln. Würden die Leute mitbekommen, was da passierte? Keine Zeit zum Grübeln. Ich musste auf Tobias vertrauen.

Und in dem Moment sah ich ihn vom Himmel herabschießen und einem kleinen Mädchen seine Zuckerwatte aus der Hand reißen – so leicht, wie er Mäuse im Gras erbeutete.

Wuuusch! Und weg war er mit dem hellrosa Zuckerwatteball. Die Kleine flennte los, die Leute ringsum gafften und lachten und deuteten. Jetzt zog Tobias eine Luftakrobatiknummer ab, die den Blue Angels bei einer Flugschau zur Ehre gereicht hätte.

Niemand sah mir zu, als sich aus dem schlanken Falkenkörper meine schwerfällige menschliche Gestalt herausschälte. Aber ich befand mich noch immer auf dem Rücken des Nashorns. Auf dem Rücken eines zwei Tonnen schweren Kolosses mit einem Horn von einem Meter Länge.

Das Nashorn bewegte sich! Doch es trottete bloß zu einer Stelle mit grünerem Gras.

Ich setzte mein Zurückmorphen fort. Dann bemerkte mich der Nashornbulle plötzlich.

„FMPFRA-HAA!", schnaubte er und fiel in einen Trab. Ich hatte noch keine Hände zum Festhalten. Und auch keine Krallen mehr. Ich rollte herunter und landete mit dem Gesicht voran im Staub.

Los, Jake, weitermorphen!

Der Nashornbulle ragte bedrohlich über mir auf. Es war, als würde ich neben einem Lastwagen am Boden liegen. Er blinzelte mit einem Auge zu mir. Und dann senkte er sein gewaltiges Horn.

Sniff. Sniff.

Dieses Gesicht, dieses Horn, nur Zentimeter vor mir, als der Rhinozerosbulle mich beschnupperte und ich betete, er möge mich nicht durchbohren. Er wurde unruhiger. Was er da sah, regte ihn auf. Kein Wunder. Mich hätte es auch aufgeregt, wenn ich mit angesehen hätte, wie sich ein Junge aus einem Vogel herauswindet und verwandelt.

Und dann hatte ich eine Hand. Ich streckte sie aus, halb blind, und berührte das Horn. Ich umklammerte es mit meinen noch unfertigen Fingern und konzentrierte mich mit aller Kraft.

Wenn man Tiere übernimmt, fallen sie in eine Art Trance. Bis auf die wenigen Fälle, wo sie das nicht tun. Und

wenn dies eine solche Ausnahme war, würde mich das Nashorn zertrampeln und als Zielscheibe für sein Horn benützen.

Ich konzentrierte mich auf das Tier. Ich konzentrierte mich und fühlte, wie es ein Teil von mir wurde.

KAPITEL 19

Wir flogen hastig von den Gardens zurück. Ich war erschöpft. Tobias war erschöpft. Doch wir hatten keine Wahl; die Zeit lief uns davon.

Der Wind hatte gedreht. Er blies uns nicht ins Gesicht, aber er wehte heftig von Süden und wir flogen nach Westen. Den ganzen Rückweg lang mussten wir uns anstrengen auf Kurs zu bleiben.

Marco und Cassie warteten in den Bäumen auf der anderen Seite der Straße vor Fenestres Haupttor. Auch ihre Morphzeit neigte sich dem Ende zu, genau wie die von Rachel und Ax.

<Marco! Cassie!>, schrie ich nach unten. <Ist irgendwas passiert?>

<Ja, die Uhr hat immer weitergetickt>, sagte Marco.

<Eine Sache ist uns aufgefallen>, sagte Cassie. <Dem Himmel sei Dank für diese scharfen Augen. Wir haben deine Vermutung bestätigt gefunden. Gut, dass wir nicht versucht haben uns in irgendeinem Insektenmorph reinzuschleichen. Um jede Tür ist nämlich ein Giftstreifen gelegt. Und in den Fenstern ist eine Art Insektenkiller

montiert. Das muss es sein, was Rachel geschockt hat. Ich schätze, Mr Fenestre hat ein paar psychische Probleme.>

<Die kann er sich leisten>, sagte Marco. <Also, was tun wir jetzt um Rachel und Ax da rauszuholen?>

<Ich werde die Zäune niederwalzen, die Tür eintreten und alles beziehungsweise jeden platt machen, der mir in die Quere kommt>, sagte ich.

<Cool>, lachte Marco mit einem Anflug seines Humors, aber er klang etwas angestrengt. <Das würde Rachel gefallen. Und wie genau machst du das?>

Ich landete am Fuß des Baumes. <Macht euch bereit, Leute. Hoffentlich hat Mr Fenestre diese Hütte mit hohen Decken und breiten Fluren versehen.>

Ich morphte mich zurück, so schnell ich konnte. Ich blieb nur für ein paar Sekunden in Menschengestalt, dann konzentrierte ich meine Gedanken auf das Nashorn.

Es ist unglaublich ermüdend, so schnell hin und her zu morphen. Man hat das Gefühl, als würde der Körper mit einer halb leeren Batterie laufen. Aber müde konnte ich später noch sein, jetzt nicht.

Die erste Veränderung betraf meine Haut. Sie wandelte sich vom zartrosa menschlichen Typus zu so etwas wie fingerdickem Leder, das seit zehn Jahren in der Sonne liegt. Die Haut wurde überall dicker und faltig. Noch war ich ein Mensch, aber ich war grau und massig. So, als würde ich eine lebendige Panzerung tragen.

Meine Beine wurden dick und kurz. Meine Finger welkten dahin. Nur die Fingernägel blieben mir; sie wurden hart und groß wie Bügeleisen. Ich kippte vornüber auf alle viere, eine wachsende graue Masse, die sich wie flüssiger Stahl brodelnd in eine neue Gestalt ergoss.

Ich fühlte, wie meine Ohren seitlich am Kopf hochrutschten. Sie wurden immer länger und rollten sich dann zu offenen Ohrtüten zusammen.

Und zum Schluss folgte mein Gesicht. Mein ganzes Gesicht begann sich einfach zu strecken. Weiter, weiter, immer größer. Die Gesichts- und Schädelknochen nahmen gewaltige Ausmaße an. Es war, als würde ein Team fleißiger Ingenieure mein Gesicht umbauen und dabei ständig rufen: „Wir brauchen mehr hier, mehr Unterstützung da, mehr Panzerung, mehr Kraft!"

Mein Kopf war riesig!

<Was zum ... in was morphst du dich eigentlich?!>, fragte Marco.

Und dann begannen vorne auf meinem monströsen Kopf die Hörner zu wachsen.

Ein kleineres mehr über der Stirn, das wuchs und dann aufhörte. Und davor das größere Horn. Jenes, das wuchs und wuchs und wuchs. Ich sah nur ziemlich verschwommen, aber das Horn konnte ich sprießen sehen. Immer höher ragte es auf – dicker, größer, länger.

<Oh>, staunte Marco. <In *das* morphst du dich also.>

<Wie lange noch?>, fragte ich.

<Zehn Minuten vielleicht>, sagte Tobias.

Ich fühlte den Verstand des Nashorns neben meinem eigenen menschlichen Bewusstsein hervordrängen. Aber

es war nicht so, wie ich erwartet hatte. Dieser Geist war nicht gewalttätig. In der Tat schien der beherrschende Instinkt einfach Hunger zu sein. Das Nashorn wollte grasen.

Doch unter diesem friedlichen Bewusstsein eines Pflanzenfressers schlummerte noch etwas. Nicht Angriffslust, sondern Abwehrhaltung. Keine Angst, aber Vorsicht. Das Nashorn war vorsichtig, außer es wurde von einem Artgenossen gereizt.

Die unglaublich matten und nahezu nutzlosen Augen suchten nach einer Form, die vage der eigenen entsprach. Die Ohren zuckten und wedelten, peilten jedes neue Geräusch und fahndeten nach den Geräuschen eines anderen Nashorns. Die vortreffliche Nase schnupperte in der Luft.

Keine Herausforderer. Keine Feinde. Nur einige Vögel. Das Nashorn war ruhig.

Ich würde die Aggression selbst beisteuern müssen. Was gut war, denn ich hatte reichlich davon. Ich musste Rachel und Ax retten. Und zwar jetzt gleich.

<Also, Leute, ihr bleibt in meiner Nähe, aber haltet euch hinter mir. Wartet, bis ich die Verteidigungsanlagen weggeräumt habe, bevor ihr vorrückt. So, und jetzt lasst uns mal sehen, wozu man dieses Horn gebrauchen kann.>

KAPITEL 20

Mein neuer Körper war überraschend beweglich. Ich hatte fast das Gefühl, als ginge ich auf Zehenspitzen. Aber wie ein Gigant auf Zehenspitzen.

Ich trabte aus dem Schutz der Bäume heraus. Ich wusste, das Tor zu Fenestres Anwesen lag direkt jenseits der Straße. Doch ich konnte das Tor nicht sehen. Ich konnte nur sehen, was weniger als vielleicht zehn Meter oder so weg war, und auch dann nur, wenn es sich bewegte. Um überhaupt sehen zu können, musste ich erst mit dem einen Auge spähen und dann mit dem anderen, weil der Augenabstand zu groß war und zu viel gewaltiger Kiefer und Schnauze und Horn dazwischen lagen. Es war, als hätte ich meine Augen in zwei getrennten Zimmern.

<Ihr werdet mich dirigieren müssen, Leute>, sagte ich.

<Bisschen mehr nach links>, sagte Marco. <So ist's gut. Jetzt geradeaus!>

Ich trabte und begann zu rennen. Unter meinen überraschend empfindlichen Füßen spürte ich harten Asphalt.

<Tor voraus!>, rief Marco.

Ich senkte mein Horn. Und ich steigerte mein Tempo. Das Tor bestand aus Metallstäben. Ich sah sie deutlich etwa zwei Sekunden, bevor ich dagegenprallte.

Über zwei Tonnen Rhinozeros krachten gegen Edelstahl.

WAMM!

Ich fühlte den Aufprall in meinem knochigen Gesicht und dahinter in meinen Schultern. Es war, als hätte mich jemand mit einem Vorschlaghammer ins Gesicht getroffen. Aber irgendwie kümmerte es mich nicht weiter. Ich spürte die Aufprallwucht, doch mein Nashornkörper war an so etwas gewöhnt. Er war geschaffen fürs Aufprallen.

<Was ist mit dem Tor passiert?>, fragte ich, denn ich sah zu wenig um sicher zu sein.

<Welches Tor?>, sagte Marco. <Okay, jetzt geradeaus und dann leicht rechts halten, mein Dickerchen!>

Ich trabte vorwärts auf meinen vier Beinen, die Tempelsäulen nicht unähnlich sahen. Ich spürte die verbogenen Überreste des Tors, als ich über sie hinwegwalzte.

ScrrrrEEEET! ScrrrrEEEET!

<Mensch, hat der Kerl aber viele Alarmanlagen, was?>, sagte Tobias.

<Gut, Zaun Nummer zwei>, verkündete Marco.

Ich rannte weiter. Diesmal war es bloß Maschendraht. Ich spürte, wie etwas an meinem Horn zerrte.

<Wo ist der Zaun?>, fragte ich.

<Du hast ihn gerade platt gemacht>, sagte Cassie.

<Prima. Das scheint ja zu klappen>, sagte Marco.

„Rrrwaurrrwauwau! Rrrrrwau!“ Ich hörte die Hunde sehr deutlich. Noch deutlicher konnte ich sie allerdings riechen.

<Schoßhündchen!>, warnte mich Tobias.

Aus dem Augenwinkel erkannte ich vage zwei dunkle Gestalten, die durch die Luft auf mich zuflogen. Vielleicht versuchten sie mich zu beißen. Ich weiß es nicht genau. Tatsächlich spürte ich auf einer Seite eine Art Kratzgefühl.

„Wiff! Wiff! Jauuul! Wooouuh!“

<Was ist mit den Hunden?>, fragte ich.

<Hundis machen winke-winke>, sagte Marco und lachte. <Hundis retten ihre Wauwaupopos.>

<Ich glaube, dieser Morph gefällt mir>, sagte ich. <Was kommt als Nächstes?>

<Letzter Zaun, dann die Tür.>

<Pass auf! Wachen! Die Typen mit den Schrotflinten!>

„Heiliger Strohsack!“, hörte ich jemanden schreien. „Was ist das?“

„Knall es ab!“

Ich nahm wahr, wie sie sich bewegten. Es war, als würde man einen uralten flimmernden Schwarzweißfilm auf einem miesen Fernseher angucken. Sie waren Schatten, Gespenster, die hastig vor einem verschwommenen Hintergrund herumhuschten. Gerade genug, dass ich sie wahrnehmen konnte.

Ich wandte mich ihnen zu, jetzt ganz dem Rhinozerosinstinkt folgend. Sie waren eine mögliche Gefahr. Und sie forderten mich heraus. Das war ein Fehler.

PENG! PENG! PENG!

Auf Nashörner wird viel geschossen. Leider sind manche Leute dumm genug zu glauben, Rhinozeroshorn wäre eine Medizin, und andere wiederum sind schäbig genug bedrohte Nashörner abzuschlachten, um das Horn zu bekommen und zu verkaufen. Aber die gehen dann nicht mit Schrotflinten auf Nashornjagd. Wer ein Nashorn schießen will, der braucht ein großkalibriges Gewehr mit hoher Durchschlagskraft. Keine Musspritze, die einen Haufen Kügelchen abfeuert.

PENG! PENG!

Irgendwas stach mich ins Gesicht und in die Schultern. Das machte mich wütend. Ich ging zum Angriff über. Kein Trotten, sondern volle Pulle voraus mit gesenktem Kopf und vorgestrecktem Horn.

„Lauft weg!“

Sie rannten. Ich rannte hinter ihnen her. Es dauerte etwa drei Sekunden, bis ich den Ersten eingeholt hatte. Ich walzte direkt in ihn rein, spürte den Kontakt mit seinem weichen, wabbeligen Körper, warf meinen Kopf herum und … nun ja, sagen wir einfach, dieser Mann wird sich ziemlich lange nicht mehr hingesetzt haben.

Ich hatte den zweiten Wachmann verloren. Aber das war in Ordnung. Sie waren nicht mein Ziel.

<Sagt mir, wo die Tür ist!>, rief ich den anderen zu.

<Links … okay, jetzt nach rechts … gut, und jetzt … herrje, bist du blind oder was? Links, rechts, okay, VOLLDAMPF VORAUS!>

Ich preschte los.

WUMMMM!

Mir war, als wäre ich mit einem Lastwagen zusammengestoßen. Ich wich zurück und nahm erneut Anlauf.

BADA-BUMMM! Knirsch.

<Mann, war das ’ne harte Tür!>, sagte ich.

<Äh, Jake? Du hast die Tür verfehlt. Das war die Wand. Geht’s dir gut?>, fragte Cassie.

<Ich bin okay. Noch ein Schubser und wir sind drin.> Ich lief zurück und preschte wieder vor. Ich spürte, wie etwas über meinen Rücken kratzte. Dann war ich in deutlich kühlerer Luft.

<Wir sind drin, ja?>, fragte ich.

<Ja>, antwortete Tobias und klang angespannt. <Und uns bleibt keine Zeit mehr.>

KAPITEL 21

Es war bestimmt ein schönes Haus. Aber ich sah es nicht richtig. Alles, was ich mit meinen trüben Nashornaugen sah, waren Wände und Türen. Doch immerhin hatte unsere Vermutung gestimmt, dass es hier drin breite Flure gab. Breit genug, damit ich sie entlangwalzen konnte wie ein … na, wie ein Rhinozeros eben.

Und die Decken waren hoch genug, dass Tobias, Cassie und Marco durch die Gänge fliegen und hektisch Raum für Raum absuchen konnten – mit schärferen Augen als denen des Menschen und mit Ohren, die eine Beutelratte noch aus hundert Meter Entfernung rülpsen hören konnten.

Sie setzten mich als Türöffner ein.

<Jake, mach diese Tür da auf>, sagte Marco ständig. Dann drehte ich mich in die angezeigte Richtung, stieß meinen klotzigen Schädel vorwärts und die Tür war nur noch Kleinholz.

Krrr-UUUMMPF-bäng!

<Wir zertrümmern diesem Mann ja das ganze Haus>, sagte Cassie. <Nach alledem kann ich nur hoffen, dass er ein Controller ist.>

<Der kann es sich leisten, seine Türen reparieren zu lassen>, sagte Marco.

<Darum geht's doch nicht>, sagte Cassie. Dann: <Jake, mach bitte diese Tür auf.>

Krrr-UUUMMMPF-proff!

<Nichts>, klagte Tobias. <Nichts, nichts, nichts! In keinem dieser Zimmer ist irgendwas – und die Hütte hat vielleicht hundert Zimmer.>

<Tobias hat Recht. Wir haben keine Zeit mehr>, sagte Cassie.

<So schaffen wir's nicht>, sagte ich. <Wir können uns nicht einfach einen Raum nach dem anderen vornehmen. Das kann Stunden dauern. Wir müssen uns die folgende Frage stellen: Wo finden wir Ax und Rachel? Wo dürften sie am ehesten stecken?>

<Im letzten Zimmer, in dem wir nachsehen>, grummelte Marco. <Oder wenigstens ... he, Moment mal! Wo immer sie stecken, sie werden bewacht.>

<Genau!>, sagte ich. <Natürlich. Wir wüten einfach weiter, bis wir was gut Bewachtes sehen.>

<Ich fliege rauf>, sagte Tobias.

Weg war er, einen breiten Treppenaufgang hinauf. Ich walzte derweil in eine großzügige, offene Wohnlandschaft hinein. Ich trampelte hindurch. Ich bemühte mich, nicht zu viel Mobiliar zu zerlegen, aber ich war groß und halb blind, deshalb hörte ich ständig das Krachen von Holz und das Klirren von Glas und Geschirr hinter mir.

<Hier oben!>, rief Tobias.

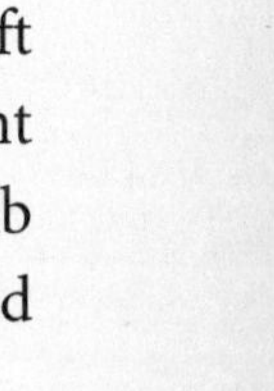

Dann, nicht so laut wie gerade, aber noch immer laut genug … BAMM! BAMM!

<Tobias!>

<Keine Panik! Aber hier oben nerven zwei große Typen mit zwei großen Ballermännern.>

Ich versuchte zu wenden und zur Treppe zurückzulaufen, aber dann rief Marco.

<Uh-oh! Hinter uns rollt Verstärkung an. Mensch, wie viele Pistoleros hat dieser Irre eigentlich angeheuert? Jake, wir müssen da durchbrechen, wenn wir zur Treppe zurück wollen!>

<Die sind mir auf den Fersen!>, rief Tobias von oben runter.

Ich wirbelte herum und zerlegte dabei ein Sofa. <Hier lang?>

<Nein, etwas nach links!>

Ich drehte mich und schon gab es einen Kaffeetisch weniger.

Dann griff ich an. Ich konnte die Männer nicht von den diversen Stehlampen und Bücherschränken unterscheiden, außer wenn sie sich bewegten. Das Verschwommene zog meine Blicke auf sich und ich roch Menschen.

Ich senkte den Kopf und preschte los.

BAMM! BAMM!

Schrotkugeln stachen mich, drangen aber nicht unter meine Oberhaut.

PLOP! PLOP! PLOP! PLOP!

Ich war getroffen und taumelte. Ich fühlte, wie sich die Kugel von dem Gewehr in meine rechte Schulter fraß. Eine zweite Kugel blieb im Schädelknochen stecken.

Ich traf den Kerl mit dem Gewehr. Ich war stinksauer.

Ich senkte mein Horn und schleuderte meinen Kopf in den Nacken. Der Kerl segelte nach hinten über meine Schulter.

„Uu-aah-AHHHHHHH!“

Der zweite Mann sprang zur Seite. Ich glaube, er fummelte an seinem Gewehr herum um nachzuladen. Ich fegte ihn aus dem Weg und klatschte ihn gegen die Wand. Dann war ich aus dem Zimmer raus, wieder auf dem Flur und walzte zurück zum Treppenaufgang.

Ich blutete. Und rechtsseitig verlor ich an Kraft. Mein rechtes Vorderbein bewegte sich langsamer. Die Kugel in meinem Kopf musste vom Knochen zurückgeprallt sein. Ich spürte einen Schmerz dort, aber nicht so heftig wie in meiner Schulter.

Ich erreichte die Treppe und wollte schnurstracks nach oben. Nashörner eignen sich jedoch nicht im Geringsten zum Treppensteigen. Ich konnte meine Beine nicht weit genug anheben. Mein Gewicht und mein Schwung waren zu groß. Die hölzerne Treppe zerbarst.

BAMM! BAMM!

<Tobias! Was ist da oben los?>

<Ich führe diese Kerle im Kreis herum und die ballern wie gestört in Wände und Decken und versuchen mich abzuknallen.>

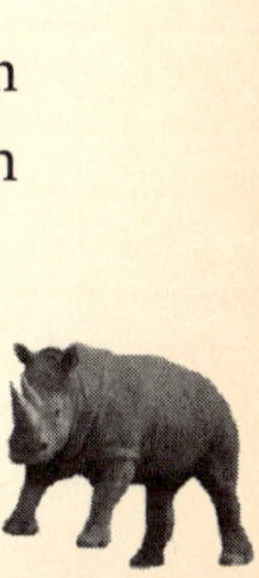

<Ich schaff's nicht die Treppe rauf. Wir brauchen mehr Schlagkraft. Marco, Cassie, morpht euch! Tobias, mach weiter so. Halt sie noch 'ne Weile auf Trab.>

Ein Vogel, gefangen in einem Haus und von zwei Typen mit Schrotflinten gehetzt. Hatte ich gerade das Todesurteil über Tobias gesprochen?

Ich begann mich zurückzumorphen, so schnell es ging. Aber während meine Gedankensprache noch funktionierte, fiel mir etwas ein. <Rachel! Ax! Könnt ihr mich hören? Rachel! Ax!>

<… örrh … was?>

<Wer ist das?>

<… ähm … ich bin's, Aximili>, sagte Ax.

Er klang benommen. Das überraschte mich nicht. <Ax! Morph dich zurück! Die Zeit ist um!>

<Aber hier sind Menschen, die mir zusehen, Prinz Jake.>

Noch eine Entscheidung. <Tu's einfach, Ax, wir kommen zu euch! Habt ihr –> Meine Gedankensprache fiel in dem Moment aus, wo ich wieder mehr Mensch als Nashorn war.

<Ja, Prinz Ja –> Auch Ax verstummte.

Ich schrumpfte. Mein gepanzertes Fleisch wurde zarte Menschenhaut. Mein Gesicht war flach und fein. Und meine Beine konnten Treppen überwinden. Noch immer hörte ich Schüsse von oben. Doch das Traurige war, dass mich das froh stimmte. Solange sie schossen, war Tobias nämlich noch am Leben.

Auch Marco und Cassie wurden gerade wieder zu Menschen. Sie waren knapp einen Meter große Bündel aus Federn, schrumpfenden Schnäbeln und hervortretender Haut.

Eine falsche Bewegung und Tobias war erledigt. Ax morphte sich soeben vor Personen, die vielleicht Controller waren. Rachel … niemand wusste, ob Rachel bei Bewusstsein und in der Lage zu morphen war. Oder ob sie überhaupt noch lebte. Und jetzt waren wir drei ausgesprochen verletzlich, schwach und erbärmlich.

Immer wieder dachte ich: Das sollte doch gar keine besonders gefährliche Mission werden. Und nun standen wir so nah wie nie zuvor an der Schwelle des Todes.

„Orf görrt's!", sagte ich undeutlich mit meinem noch nicht menschlichen Mund. „Gaine Dsait möhr!"

Ich begann die Treppe hochzulaufen, strauchelnd mit meinen wackligen, sich verändernden Beinen. Die Gelenke stimmten noch nicht. Die Zehen waren keine Zehen und meine Knöchel schienen starr. Aber die Zeit war um. Ich schleppte mich diese Treppe hinauf in der verzweifelten Hoffnung, dass ich uns nicht alle umgebracht hatte.

KAPITEL 22

Als ich oben ankam, war ich ein vollständiger Mensch. Doch der Mensch ist kein genialer Morph, wenn man sich mit bewaffneten Typen anlegen will. Im Laufen sah ich zu meinem Entsetzen etwas aus dem Fleisch meiner Schulter herauswachsen. Etwa so groß wie ein Fingernagel, platt gedrückt, schlammfarben. Es war die Kugel, die in meiner Schulter gesteckt hatte. Zum Glück verließ sie nun meinen Körper, während ich mich in eine kleinere Gestalt morphte.

Die Kugel plumpste auf den Teppich.

Ein Bussard zischte über meinen Kopf hinweg und schrammte mit den Flügeln an den Wänden entlang. Eine lose Feder schwebte herab.

<He, Leute, was guckt ihr denn so?>, fragte Tobias.

„Sind sie noch hinter dir her?“

<Ja, aber ich hab sie kurz abgehängt. Zu dem Raum, den sie bewachten, geht’s den Gang runter und danach durch so ein großes, pompöses Schlafzimmer. Da seht ihr dann eine Tür. Das letzte Mal, als ich vorbeiflog, standen noch ein paar Wachen davor.>

„Was sollen wir tun?“, wollte Marco wissen.

Ich schwör's, ich hätte ihm beinahe eine reingehauen. Wenn mich auch nur noch einer fragte, was wir tun sollten …

„Morpht euch wieder. Alle Mann auf Gefechtsstation. Tobias? Versuch Rachel und Ax über Gedankensprache zu erreichen. Wenn du Rachel kriegst, dann sag ihr, sie soll sich sofort zurückmorphen. Und keine Diskussionen. Wenn du Ax erreichst, sag ihm –"

<Ich höre meine Jungs antraben>, unterbrach Tobias. <Schnell in das Zimmer da rein! Es ist unverschlossen. Ich lenke sie ab!>

Marco, Cassie und ich verdrückten uns in den Nebenraum. Ich hörte das Geräusch von schweren, müden Füßen vorbeitrampeln.

„Wo steckt denn dieser dämliche Vogel?"

„Ich kapiere eigentlich nicht, warum wir ihn jagen und Löcher in die Wände und die Decke ballern."

„Weil wir unseren Job behalten wollen, deshalb", murmelte der erste Mann.

Bis sie fort waren, hatte ich meinen Tigermorph aktiviert. Das Nashorn war große Klasse um Sachen niederzuwalzen. Aber ich wollte neben meiner Kraft auch noch über Augen und Ohren und Reflexe verfügen. Und kein Wesen, in das ich mich je gemorpht hatte, konnte so viel Schaden anrichten wie der Tiger.

Cassie hatte sich in einen Wolf gemorpht, Marco in einen Gorilla. In einem Kampf waren das unsere Standardmorphs.

<Rachel!>, rief ich, sobald meine Gedankensprache wieder funktionierte. <Rachel! Wenn du mich hören kannst, morph dich zurück! Sofort!> Und zu Marco und Cassie gewandt: <Kommt! Jetzt oder nie!>

Marco öffnete die Tür mit fast menschlichen Fingern und wir rannten los. Den Flur entlang, durch ein Schlafzimmer, das ohne Übertreibung – ich schwöre es – so groß wie ein Basketballfeld war, und von da zu der Tür, vor der zwei ziemlich verängstigt aussehende Kerle mit ihren Waffen im Anschlag standen.

Einer trug eine Schrotflinte, der andere eine Maschinenpistole. Zwischen ihnen und uns lagen zehn Meter. Für einen kurzen Moment bewegte sich niemand.

Ich konnte zehn Meter in zwei Sekunden schaffen.

In denselben zwei Sekunden konnte der Typ mit der Maschinenpistole zehn Salven abfeuern. Er konnte mir mit Leichtigkeit das Licht auspusten. Traf er daneben, so würde die Gewalt meines Sprungs, mein verzweifelter Wille zur Selbstverteidung, dafür sorgen, dass er starb.

Zeit für ein Spielchen. <Kuckuck, ihr beiden …>

Sie glotzten mich an, als würden sie gleich durchdrehen. Sie konnten ahnen, dass ich es war, den sie in ihren Köpfen hörten. Aber nicht im Traum hatten sie es sich bisher vorstellen können, mit einem Tiger zu reden.

Und außerdem hatten sie niemals damit gerechnet, sich Aug in Auge mit einem kleinen, wütenden Zoo zu sehen.

<Ja, ich bin es, der Tiger. Macht euch keine Gedanken um das Wie oder Warum. Alles, was ihr wissen müsst, ist

dies: Ich will euch nicht wehtun. Aber ich muss an euch vorbei. Ihr könnt mich erschießen, doch ihr werdet mich nicht schnell genug töten um zu verhindern, dass ich euch vernichte. Seht ihr diese Pranke?>

Ich hob eine Pfote. Meine Tigerpranken haben etwa die Größe von Bratpfannen. Ich fuhr die grausamen, gelblichen Krallen aus.

<Mit dieser Pranke kann ich euch buchstäblich den Kopf von den Schultern fegen, dass er wie eine Bowlingkugel über den Boden kullert. Also, ich weiß zwar nicht, was ihr für diesen Job bezahlt kriegt –>

„Nicht genug", erwiderte der Mann mit der Maschinenpistole. „Ich kann nicht glauben, dass ich mit einem Tier spreche. Aber dieser Tiger redet vernünftig."

„Wir bekommen nicht annähernd genug Gehalt", pflichtete ihm sein Kollege bei. „Wir legen unsere Waffen nieder und verziehen uns. Einverstanden, Herr Tiger?"

<Einverstanden. Cassie? Behalte sie im Auge.>

Cassie richtete ihre scharfen Wolfssinne auf die beiden Männer. Wenn sie auch nur daran gedacht hätten, uns auszutricksen, hätte sie es noch vor ihnen gewusst.

<Marco? Jetzt bist du an der Reihe und musst eine Tür öffnen. Mach die Tür da auf.>

Marco hob seine mächtigen Gorillaarme nach hinten über den Kopf und wollte gerade mit Urgewalt zuschlagen.

<Äh, Marco? Probier doch erst mal die Klinke.>

Er öffnete die Tür. Und ich machte einen Satz hindurch.

KAPITEL 23

Ich sprang in den Raum. Er war düster, aber meine Tigeraugen konnten das Dunkel so mühelos durchdringen, als wäre es mit Flutlicht erhellt. Über mir schien ein Himmel zu sein, vorwiegend grün, mit wild zuckenden Lichtblitzen. Aus dem, was wie Erdboden unter meinen Füßen aussah, wuchsen struppige Pflanzen. Und in der Mitte des Raumes, vielleicht fünf Meter im Durchmesser, befand sich ein flacher Tümpel mit einer Flüssigkeit, deren Farbe und Beschaffenheit an geschmolzenes Blei erinnerte.

Neben dem Tümpel standen zwei Käfige. In einem saß Ax. Er steckte irgendwo halb zwischen seinem Kornweihenmorph und seinem eigenen Andalitenkörper fest. Er war erstarrt. Regungslos. Er atmete nicht mal – wie eine grässliche Statue mit grauen Federn, einem Skorpionschwanz, Krallen und einem mundlosen Gesicht.

In dem zweiten Käfig erkannte ich Rachel. Sie war noch ein Weißkopfseeadler.

Meine Tigeraugen waren sehr gut, ebenso meine Tigerohren. Ich hörte von ihr keinen Herzschlag. Und ich sah kein Heben und Senken eines atmenden Brustkorbs.

Ich fühlte, wie mein eigener Herzschlag für mehrere lange Sekunden aussetzte. Tot! Beide waren tot! Ich war zu spät gekommen.

Da war noch ein Mann. Ich erkannte sein Gesicht. Joe Bob Fenestre, der zweitreichste Mann der Welt. Der Boss von Web Access America.

Und ich erkannte auch, was er in der Hand hielt: Einen yirkanischen Draconstrahler. Er hielt ihn nicht auf mich gerichtet. Sondern auf Ax.

Schon wieder falsch, Jake. Dieser Mann ist ein Controller. Musste er ja sein.

Marco und Cassie kamen hinter mir rein. Nach einigen weiteren Sekunden gesellte sich auch Tobias zu uns. Aber Fenestre starrte unentwegt bloß auf mich.

Endlich sprach er. „Also dann. Keine Yirks, wie ich sehe. Ich soll von Andaliten vernichtet werden. Nun, ich nehme an, dass hierin wenigstens eine gewisse Ehre liegt."

<Lass meine Freunde gehen>, sagte ich barsch.

Er zuckte die Achseln. „Du kannst sie mitnehmen. Mir egal. Andaliten zu töten ist nicht mehr mein Lebensinhalt."

<Ach ja? Meine Freunde *sehen* aber tot aus>, sagte ich.

Er runzelte die Stirn. „Dummes Zeug. Erkennst du keine Biostasis, wenn du sie siehst? Sie sind nur in der Zeit eingefroren. Ich dachte, ihr Andaliten wärt in Sachen Technologie so weit entwickelt."

Mein Herz schlug schneller. Biostasis? Was war das?

<Schaff sie hier raus>, sagte ich.

„Sonst noch was?“, spottete er. „Wirst du mich töten? Du wirst mich sowieso töten.“

Ich keuchte. Mein Verstand rotierte wie verrückt. Was für ein Spiel spielte dieser Mann? Und wie konnte ich gewinnen? <Warum sollte ich dich töten?>

„Ich bin ein Yirk“, sagte er. „Ein Controller. Obwohl mein Wirt und ich uns sehr gut verstehen. Ich habe ihn reich gemacht. Ich schrieb seinen berühmten Webbrowser. Wir sind schon all die Jahre Partner.“

<Yirks haben keine Partner>, erwiderte ich.

Er lachte. „Nein“, sagte er gedehnt, „das stimmt.“ Er warf mir einen scharfen, verschlagenen Blick zu. „Wer hat euch zu mir geschickt? Habt ihr irgendeine Abmachung mit meinem Bruder getroffen?“

<Deinem Bruder?>

„Ihr seid zweifellos Andaliten“, sagte er geduldig. „Niemand sonst verfügt über eure erstaunliche Morphingtechnologie. Dennoch wundere ich mich, weshalb Andaliten so viel Mühe auf sich nehmen sollten, nur um mich zu töten. Warum ausgerechnet mich?“

Ich war komplett verwirrt. Ich zögerte.

<Das ist seltsam>, sagte Marco zu mir – eine private Botschaft in Gedankensprache.

<Dieser Typ ist in die Ecke getrieben>, sagte Cassie. <Er glaubt, er wäre erledigt. Das kann man an seinen Augen ablesen. Wir müssen noch mehr herausbekommen.>

Ich lief hin und her. Tiger werden unruhig, wenn sie einfach herumstehen. Sollte ich es riskieren und ihm wenigstens teilweise die Wahrheit sagen?

<Wir haben dich durch die Webseite hier aufgespürt. Die über die Yirks.>

Er nickte. „Ja, aber warum seid ihr mir ...?“ Seine Miene hellte sich auf. „Natürlich! Ihr wart auf der Suche nach Verbündeten! Ihr wart euch nicht sicher, richtig? Ihr dachtet, vielleicht stimmt es ja wirklich, dass sich unter den Menschen der Widerstand gegen die yirkanische Invasion ihres Planeten formiert! Ihr seid hergekommen um zu sehen, ob ich für euch bin – oder gegen euch!“

Dann fing er an zu lachen. Er lachte auf jene kranke Art, in der Leute lachen, wenn gar nichts komisch ist.

„Soll ich dir sagen, wer und was ich bin, Andalit? Soll ich?“

Ich gab keine Antwort, sondern wartete ab.

„Meine yirkanische Bezeichnung lautet Esplin-Neun-Vier-Doppelsechs. Beachte die ‚Doppelsechs‘. Weißt du, was sie bedeutet?“

<Nein.>

„Eine Doppelnummer bedeutet, dass ich ein Zwilling bin. Dass zwei Yirks aus derselben Larve wuchsen. Und bei Zwillingen gilt einer als der Obere, der andere ist der Unterling. Ich bin der Unterling. Mein Bruder, mein Zwilling, ist der Obere. Er bekommt die besten Aufgaben, die besten Wirte, den Rang, die Macht, den Ruhm. Für mich bleibt nur der Rest.“

Er ballte die Faust bei dem Wort „Rest".

„In manchen Fällen können Brüder teilen. Bisweilen können Zwillinge sogar zu Verbündeten werden. Aber nicht mein Bruder. Mein Bruder ist machtbesessen. Oder vielleicht inzwischen einfach verrückt. Er hat mir nichts übrig gelassen und mich einem armen, unbedeutenden Menschenwirt zugeteilt. Diesem Joe Bob Fenestre, einem bescheidenen Programmierer, der in den Katakomben einer Telefongesellschaft arbeitete.

Nun, das war mir nicht gut genug. Ich wollte mehr. Und wenn ich es als Yirk nicht haben konnte, wollte ich es mir eben als Mensch beschaffen. Schließlich schloss ich einen Pakt mit meinem Wirt. Wir saßen beide im selben Boot. Zwei Verlierer im Schatten derer, die uns überlegen waren. Ich setzte das technologische Wissen der Yirks ein um Fenestre reich zu machen. Und in der Zwischenzeit gründete ich Web Access America, was mir die größte Informationsquelle über Menschen erschloss, die es gibt. Ich kenne Geheimnisse, bei denen mein Bruder nur im Dunkeln tappen kann."

<Du durchsuchst E-Mails. Und spionierst in Chatrooms.>

„Du kennst dich aus in menschlicher Computerterminologie", sagte er.

Ich schluckte heftig. Ich war unvorsichtig gewesen. Ich hatte „menschlich" geklungen. Jetzt musste ich bluffen. <Wir Andaliten sind eine kleine, verfolgte Bande auf diesem Planeten. Wissen bedeutet Überleben.>

Diese Antwort schien ihm zu genügen.

„Ich wurde ein unschätzbarer Trumpf für die Invasion. Aus eigener Kraft war ich ein mächtiger Mensch mit ungeheurem Informationspotenzial geworden. Aber das konnte mein Bruder natürlich nicht hinnehmen. Er ließ mich zu einem Verräter erklären und schnitt mich vom Kandrona ab. Er hätte mich gerne getötet. Für das Verbrechen, so groß zu sein wie er, wollte er mich ermorden."

Joe Bob Fenestres Augen bohrten sich in mich. Und ich fühlte einen Schauder der Vorahnung. Denn genau in diesem Moment wusste ich, wer dieser Zwillingsbruder war. Wer er sein *musste.*

<Oh mein Gott>, flüsterte Cassie. Sie hatte es auch erraten.

„Ja, nur *ein* Zwilling darf groß sein", sagte Fenestre bitter. „Nur einer von uns konnte der mächtige Visser Drei werden."

KAPITEL 24

Unsere erste Begegnung mit Visser Drei fand wenige Minuten, nachdem wir den andalitischen Prinzen Elfangor gefunden hatten, statt.

Visser Drei erschien und ermordete den hilflosen Elfangor. Seitdem haben wir ihn viele Male bekämpft. Er ist der einzige Yirk im gesamten Universum, der je erfolgreich einen Andalitenkörper übernommen hat. Das war vor langer Zeit in einem anderen Krieg auf einem anderen Planeten.

Als er den Andalitenleib als Wirt übernahm, erwarb er auch dessen Fähigkeit zu morphen mit. Er ist der einzige morphfähige Yirk.

Und jetzt verstand ich, warum sein Bruder, dieser im Kopf von Joe Bob Fenestre lebende Yirk, seinen Männern den Befehl gegeben hatte auf Vögel wie auch jedes andere Tier, das sie sahen, zu feuern. Denn jedes von ihnen konnte Visser Drei in einem Morph sein.

„Aus eurem Schweigen entnehme ich, dass ihr meinen Bruder kennt“, sagte Fenestre.

<Wir haben gegen ihn gekämpft>, sagte ich bloß.

„Und trotzdem seid ihr am Leben. Nicht viele können das von sich sagen. Meinen Glückwunsch.“

<Wie überlebst du ohne Zutritt zum Yirkpool zu haben? Ich sehe, du hast einen Nachbau in diesem Raum stehen, aber es ist dir bestimmt nicht gelungen, dein eigenes Kandrona für die Versorgung mit den lebenswichtigen Kandronastrahlen zu bauen.>

Fenestre nickte. „Gut, gut. Ihr erkennt also einen Yirkpool, wenn ihr einen seht. Und ihr wisst von dem Kandrona.“ Er zuckte die Achseln. „Ich habe einen Weg gefunden ohne ein Kandrona zu überleben. Das ist nicht wichtig. Was zählt, ist … was ist denn los?“

<Er lügt>, flüsterte Cassie sofort. <Oder zumindest sagt er nicht die ganze Wahrheit. Das Kandrona. Darüber will er nicht reden.>

Ich nickte mit meinem Tigerkopf. Es sah wahrscheinlich komisch aus, dass eine solche menschliche Geste von der großen Katze kam. <Dein Bruder muss doch wissen, wo du dich aufhältst. Er könnte dich jederzeit töten. Er könnte dich aus dem All treffen und dieses Haus in Schutt und Asche legen.>

„Nein, nein, das wäre zu laut. Irgendein idiotischer Mensch mit einem Camcorder könnte es aufnehmen.“

<Er könnte Hork-Bajirs herschicken. Die würden die Wachen überrollen so wie wir eben. Oder er könnte auch persönlich aufkreuzen. Wenn er dich töten wollte, würde er es auch tun. Er könnte. Aber er hat nicht. Warum also nicht?>

Fenestre lächelte frostig. „Clever, meine klugen Andaliten. So tüchtig bei euren Computern und euren prächtigen Kuppelschiffen. Ihr haltet euch noch immer für die Herren der Galaxis, nicht wahr? Wir breiten uns von einem Planeten zum nächsten aus, während ihr immer weiter zurückfallt. Und dennoch ist eure Überheblichkeit so unglaublich, dass ihr niemals darüber nachdenken würdet, ob ihr am Ende vielleicht doch nicht so klug seid."

<Cassie hat Recht>, warf Marco ein. <Er quatscht bloß rum. Er versucht euch abzulenken.>

<Ja, ihr habt beide Recht>, sagte ich. Und dann sagte ich zu Fenestre gewandt: <Wenn du leben willst, beantworte meine Fragen. Antworte mir, dann wirst du leben. Lügst du …> Ich ließ die Drohung in der Luft hängen.

Fenestre sah mich lange und scharf an. „Ich schätze, ich muss auf die Andalitenehre vertrauen", sagte er spöttisch. „In Ordnung. Mein Bruder hat mich nicht getötet, weil ich Informationen besitze, die er braucht. Er will mich nicht tot, sondern lebend in seiner Folterkammer an Bord seines Klingenschiffs. Ich habe nämlich einen Weg gefunden ohne das Kandrona zu überleben. Und Visser Drei würde alles darum geben, das Geheimnis zu erfahren."

Fenestre ließ den Draconstrahler sinken, den er auf Ax gerichtet hatte. „Es gibt eine Möglichkeit, Kandronaenergie aus einer anderen Quelle zu erzeugen. Man kann sie in ein essbares Produkt umwandeln. In ein Nahrungsmittel sozusagen, das ich mit meinem Menschenmund verzehren und dann verdauen kann."

Ich fühlte einen kalten Schauer. Wenn das stimmte, waren die Yirks nicht mehr aufzuhalten. Ihre Abhängigkeit von Yirkpools und Kandronastrahlen war eine ihrer größten Schwächen.

<Du lügst>, sagte ich. <Wenn es einen Weg gäbe, Yirks ohne Kandronastrahlen und Yirkpools am Leben zu erhalten, würde dich diese Information unverwundbar machen, selbst gegenüber deinem Bruder.>

Dieses Mal geriet das frostige Lächeln noch kälter. Sofern das überhaupt möglich war. „Oh, vielleicht auch nicht. Erstens handelt es sich um einen komplizierten Prozess. Aber das ist nicht das Problem, sondern vielmehr das Rohmaterial. Das Rohmaterial sind meine yirkanischen Geschwister. Um zu überleben, muss ich alle drei Tage einen Yirk töten, verarbeiten und verzehren. Ich bin ein Kannibale geworden."

<Boah>, sagte Marco.

„Mein Bruder würde diesen Prozess für sich selbst nutzen. Aber wie ihr euch denken könnt, würde der Prozess niemals im gesamten yirkanischen Imperium bekannt werden."

<Du bist wirklich Visser Dreis Zwilling>, sagte ich. Mir war schlecht. Dann fühlte ich mich noch mieser. <Wie kommst du an die Yirks?>

Er zuckte erneut mit den Schultern. „Was glaubt ihr, worum es bei diesem albernen Yirkforum geht, dieser bescheuerten Mischung aus Fakten und Fiktion? Ich kontrolliere Web Access America. Ich kenne die Identität hin-

ter allen Usernamen. Im Chatroom tummeln sich unterschiedliche Typen. Da gibt es welche, die sind tatsächlich Controller und versuchen misstrauische Menschen in die Irre zu führen. Und es gibt solche, die unsere kleine Invasion entdeckt haben und den Widerstand gegen uns mobilisieren wollen. Und dann bin da noch ich. Ich beobachte die Controller. Ich beobachte die Menschen, die glauben, sie hätten Familienmitglieder als Yirks enttarnt. Ich beobachte die fanatischen Yirkbekämpfer, die mögliche Controller identifizieren. Ich verfolge die Usernamen zurück. Ich finde die Yirks. Alle drei Tage einen. Zehn pro Monat."

<Voll cool>, flüsterte Marco. <Klopf dem Mann auf die Schulter und dann lass uns Ax und Rachel hier rausholen.>

Ich hatte das gleiche Gefühl. Fenestre war eine ekelhafte Kreatur, doch so widerlich er auch sein mochte, er rottete hundert oder mehr Yirks im Jahr aus. Umso besser.

Doch dann platzte es aus Cassie heraus. <Wie kriegst du die Yirks aus den menschlichen Wirten heraus?!>

Fenestre zog eine Augenbraue hoch. Er schien überrascht. In seinen Augen erkannte ich eine Spur von Argwohn. Cassie hatte ihre Frage nicht geflüstert, sondern zornig herausgeschrien.

Warum, so fragte er sich, *sollte sich ein Andalit dafür interessieren?*

„Wie ich die Yirks aus ihren menschlichen Wirten herauskriege?" Sein Blick war düster. Seine Augen leer. „Wie, glaubt ihr wohl, stelle ich das an?"

KAPITEL 25

Cassie stieß einen knurrenden Laut aus und ranntc auf Fenestre zu, bevor ich noch ein Wort sagen konnte. Er riss seinen Draconstrahler hoch. Ich hechtete durch die Luft.

Mit ausgestreckten Pranken, aber eingezogenen Krallen landete ich auf Cassie und verpasste ihrem Wolfskörper einen Hieb, dass er über den Boden rollte.

<Was soll das?>, schrie sie.

<Wir sind nicht hier um diesen Kerl zu beseitigen>, rief ich. <Das hab ich ihm gesagt.>

<Wisst ihr, was der macht? Versteht ihr?>, kreischte Cassie.

<Ich weiß. Ich weiß. ICH WEISS!>, schrie ich frustriert. <Aber ich habe ihm gesagt, dass ihm nichts geschieht. Ich hab ihm mein Versprechen gegeben. Außerdem …>

<Nein! Sag's nicht, Jake. Wenn du das machst, will ich mit dir nichts mehr zu tun haben! Sag's lieber *nicht.*>

Ich fühlte mich, als hätte sie mir eine gescheuert. In mein wahres, menschliches Gesicht. Was hatte ich denn zu sagen vorgehabt? Hatte ich tatsächlich sagen wollen, dass

es für diese Kreatur in Ordnung war, so weiterzumachen, solange sie die Yirks dezimierte?

Hatte ich das sagen wollen? Ich?

<Ich wollte nicht das sagen, was du denkst>, murmelte ich wenig überzeugend.

Cassie gab keine Antwort. Sie ist gut im Erkennen von Lügen. Zu gut.

<Ich … ich glaube nicht …>, stammelte ich.

<Dieses Kind, Gump. Dieses Kind, das sich um seinen Papa Sorgen machte>, sagte Cassie. <Dieser einsame kleine Junge. Auf den hat es dieses Monster abgesehen, Jake. Nicht auf irgendeine abstrakte, gesichts- und namenlose Person. Er wird warten, bis Gump irgendeine Dummheit macht. Bis er seinem Controller-Vater seine Ängste gesteht und der ihn dann auch zu einem Controller macht. Und dann wird Fenestre beide jagen.>

<Was erwartest du denn jetzt von mir?>, fragte ich sie. <Du willst diesen Mann beseitigen, weil er böse ist – willst du es selbst erledigen, Cassie?>

<Du … dein Morph wäre dafür besser geeignet>, sagte sie.

<Du willst, dass ich ihn für dich beseitige?>, fragte ich. <Ist es das, was du willst?>

Fenestre stand bloß da und wartete, während sich direkt vor ihm ein Wolf und ein Tiger stritten. Er überlegte angestrengt. Doch an seinen Augen konnte ich ablesen, dass er noch nicht hinter die Wahrheit gekommen war.

Ich zog mich von Cassie zurück und wandte mich wieder Fenestre zu. <Meine Freundin hat in einer Schlacht gegen eure Leute Freunde verloren. Sie ist sehr gefühlsbetont.>

Er nickte unbeeindruckt. „Wir alle haben Freunde verloren in dieser unerfreulichen Angelegenheit."

<Lassen Sie meine beiden Freunde frei>, sagte ich. <Dann lassen wir Sie am Leben. Wir werden uns verziehen. Solange Sie in diesem Haus sind, wird Ihnen nichts geschehen. Aber ich sage es Ihnen, damit Sie Bescheid wissen: Sollten wir Sie jemals in der Außenwelt zu fassen kriegen, gilt dieser Schutz nicht mehr.>

Es war eine dumme, lächerliche Drohung. Ich sprach sie aus, damit ich mich besser fühlte.

Ax und Rachel kamen frei. In dem Moment, da Fenestre die Biostasis-Felder deaktivierte, morphte sich Ax weiter in seine normale Andalitengestalt zurück.

Ich starrte wie gebannt auf Rachel. Atmete sie? Ja!

Reichte die Zeit noch um sie in ihren eigenen Körper zurückzubringen?

<Rachel! Kannst du mich hören?>

<Mmh? Was? Oh Mann! Was tue ich denn hier?>

<Rachel, hör mir zu. Morph dich zurück. Jetzt gleich.>

<Da ist irgend so ein Typ! Wer ist das?>, fragte sie und starrte Fenestre mit ihren Adleraugen an.

<Rachel, bitte nur *einmal* keine Diskussionen. Vergiss den Kerl, wir bringen dich hier raus. Morph dich zurück! Los! Marco, nimm Rachel und schaffe sie nach draußen.>

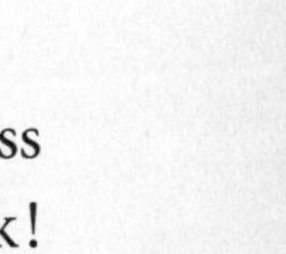

<Ich lasse mich aber nicht von ihm tragen!>

Doch sie war zu geschwächt um sich zu wehren. Also ging Marco zu ihr rüber und hob sie sanft mit seinen mächtigen Gorillahänden auf.

„Vielleicht sehen wir uns ja gelegentlich wieder“, sagte Fenestre mit überheblichem Grinsen, während wir uns zurückzogen.

Ich erwiderte nichts. Was gab es noch zu sagen? Ich verschonte das Leben eines Ungeheuers. Ich ließ einen Mörder frei.

Als wir die Treppe erreicht hatten, war Rachel schon mitten im Zurückmorphen. Ax war beinahe wieder ein vollständiger Andalit. Noch steckten zwei Schrotkugeln in seinem Körper, aber sie konnten ihm nichts anhaben.

Tobias flog, so gut er konnte, über uns. Wir stolperten, liefen, trabten die Treppe hinunter, durch das zertrümmerte Haus und hinaus auf den eingezäunten, gesicherten Hof.

Bis wir die Bäume erreicht hatten, war Rachel wieder Rachel. Wir morphten uns alle zurück und waren kurze Zeit später fünf müde, verunsicherte Kids plus ein Andalit, die sich in den tiefen Schatten der Bäume versteckten.

Wir konnten das Haus noch immer sehen. Fenestres Milliardärspalazzo.

„Was ist da drin los gewesen?“, wollte Rachel wissen. „Da hat irgendjemand kräftig aufgeräumt. Gab’s irgendeinen großen Kampf und ich hab ihn verpasst? Oh Mann!

Ich kann’s nicht fassen, dass ich einen großen Kampf versäumt habe. Also, was ist passiert?“

„Das wird dir schon noch einer erzählen“, sagte ich knapp.

„War der Typ ein Controller oder nicht?“, fragte Rachel. „Gehörte er zu den Guten oder den Bösen?“

Ich lachte kurz. Dann schaute ich zu Cassie. Unsere Blicke trafen sich. Rasch wichen wir dem Augenkontakt aus. „Rachel, ich weiß ja nicht mal mehr, wo *ich* stehe.“

KAPITEL 26

Ich schätze, irgendjemand hat Rachel und Ax schließlich erzählt, was passiert war. Ich jedenfalls war es nicht.

Als ich nach Hause kam, ging ich auf mein Zimmer hoch und starrte lange Zeit Löcher in die Luft. Meine Mutter rief mich zum Abendessen und ich stopfte es lustlos in mich rein.

Danach ging ich in den Hof, hockte mich auf meine alte, verrostete Schaukel, die ich mit vier Jahren bekommen hatte, und starrte in den dunkler werdenden Abendhimmel. Die Sterne leuchteten auf und, verdammt noch mal, ich hasste sie. Sie waren nicht schön, sie waren tödlich. Von den Sternen waren alle meine Probleme gekommen.

Nach einer Weile trat auch meine Mutter in den Hof. Sie tat so, als würde sie kontrollieren, ob der Rasen gesprengt werden musste. Aber natürlich schaute sie nach mir.

„Was machst du denn hier draußen? Große Gedanken wälzen?“

„Nö. Bloß so rumhängen.“

Sie verschränkte die Arme und blickte wie ich zum Himmel hoch. „Ein schöner Abend. Sieh doch nur die Sterne."

„Ja."

„Bedrückt dich irgendwas, Jake?"

„Nö."

„Schön. Wenn dich etwas bedrückt, darfst du es mir ruhig erzählen, falls ich dir damit nicht zu nahe trete."

„Ich weiß, Mama. Es ist nichts."

Sie seufzte. „Nun, ich schätze, das musste ja früher oder später passieren. Du hast dich zu einem richtigen Teenager gemausert. Mütter sind für solche Gespräche eben out."

Sie sagte das nicht böse. Es klang eher witzig.

Ich lächelte sie an. „Das muss es wohl sein", sagte ich. „Ich bin im kritischen Alter."

Sie zuckte die Achseln. „Weißt du, als ich so alt war wie du, pflegte meine Mutter – deine Oma – bei Problemen immer nur zu sagen: ‚Du weißt nicht, was Unglücklichsein heißt, du bist bloß ein Kind.' So als würde man als Kind alles nicht so schwierig oder schmerzhaft empfinden wie als Erwachsener."

„Das stimmt wahrscheinlich", sagte ich, hörte jedoch nur mit halbem Ohr zu.

„Nein, tut es nicht", sagte meine Mutter energisch. „In vielen Punkten hat man es als Kind schwerer als ein Erwachsener. Du musst dich mit den gleichen Dingen auseinandersetzen: mit Freunden, Versuchungen, Liebe und

Hass und all dem. Nur hast du nicht die zwei großen Waffen, die den Erwachsenen Hilfestellung leisten."

Ich zog eine Augenbraue hoch. „Was für zwei große Waffen?"

„Nun, die erste ist die Erfahrung. Erfahrung macht dich vielleicht nicht klüger, aber sie bewirkt, dass du denken kannst: ‚Hey, so was ist mir schon mal passiert und ich habe es überlebt'."

„Okay, und was ist dann die zweite große Waffe?"

Sie sah mir direkt in die Augen. „Du selber, Jake. Denn als deine Mutter kann ich dich ansehen und mir sagen: ‚Oh Mann, so mies ich mich auch gerade fühle, so schlimm die Dinge vielleicht auch stehen mögen – wenigstens ist es nicht so übel, wie wenn man ein Teenager ist.'"

Ich lachte. Es war ein müdes, schwaches Lachen, aber es war immerhin eines.

„Übrigens läuft gerade *Akte X*. Das hast du doch immer gern angeguckt."

Am nächsten Tag in der Schule war ich immer noch schlecht drauf. Es ist ja schön, dass sich meine Mama und mein Papa um mich sorgen. Schön, dass sie Mitgefühl zeigen. Aber sie verstehen nicht und können auch gar nicht verstehen, denn für sie ist alles bei mir altersbedingt.

Wie können sie mir helfen Entscheidungen zu treffen, bei denen es um Leben und Tod geht? Wie können sie mir helfen solche Entscheidungen auch künftig zu treffen, nachdem ich Fehler gemacht habe?

Wie können sie mir helfen Entscheidungen zu treffen, bei denen sich kein Mensch je richtig verhalten kann – wie etwa bei jener, was mit Fenestre geschehen soll?

Ich suchte nach Cassie. Wir waren in ziemlichem Knatsch auseinander gegangen. Aber nach einer Weile merkte ich, dass sie nicht da war. Sie war nicht in der Schule.

Plötzlich wusste ich, wo ich sie finden würde.

Leise fluchend kletterte ich auf das Dach der Schule, denn mir war klar, dass ich ziemlich Ärger kriegen würde, wenn ich die zweite Stunde schwänzte. Dann morphte ich mich in meinen Falken und flog davon.

Unterwegs vertrödelte ich dummerweise Zeit, indem ich zuerst zu Gumps Haus flog. Cassie hatte vermutlich gewartet, bis er das Haus verlassen hatte. Deshalb hielt ich nun Ausschau nach der nächstgelegenen Grundschule und flog dorthin.

Die Kinder hatten gerade Pause. Ganz am hinteren Ende des Schulhofs stand ein kleiner Junge allein herum. Bei ihm war ein Hund. Wenigstens hätte ihn der normale Durchschnittsbürger im Vorbeigehen für einen Hund gehalten. Ich wusste, es war ein Wolf.

Ich sah, wie der kleine Junge den Wolf tätschelte und dann zu seinen Klassenkameraden zurückging.

Der Wolf blickte ihm nach, sprang dann über den Zaun und verschwand zwischen einigen Bäumen in der Nähe.

<Cassie>, sagte ich.

Sie sah erstaunt auf. Ich landete am Boden und begann mich zurückzumorphen. Auch sie nahm wieder ihre menschliche Gestalt an.

„Das war vermutlich Gump."

„Ja."

„Was hast du ihm erzählt?"

„Ich habe ihm gesagt, ich sei ein sprechender Zauberwolf. Das hat er mir nicht ganz abgekauft. Ich denke, Kinder in seinem Alter glauben heute längst nicht mehr an Zauberei."

„Ich schätze, da hast du Recht."

„Ich habe ihm gesagt, er soll nie wieder in diesen Chatroom gehen. Ich habe ihm gesagt ..." Ihre Lippen zitterten plötzlich. „Ich habe ihm gesagt, dass er nicht mit seinem Vater über die Yirks sprechen soll. Und dass ..." Ihre Stimme klang erstickt. Sie presste die Zähne aufeinander und quetschte die letzten Worte heraus. „Ich habe diesem kleinen Jungen gesagt, dass er seinem Vater nicht vertrauen darf."

Tränen liefen ihr übers Gesicht. Ich glaube, mir auch. Zu den Dingen, die Cassie und ich gemeinsam haben, zählt, dass wir – im Unterschied zu manchen Leuten – unseren Eltern vertrauen.

„Es war furchtbar für mich, ihm das zu sagen", sagte Cassie. „Schrecklich und scheußlich."

„Es war das Beste, was du tun konntest", sagte ich. „Mehr war nicht möglich. Ich denke, es ist schwer, das Böse zu bekämpfen, ohne dabei selbst manchmal Böses zu tun."

Vielleicht schwang ein leises „Das habe ich dir doch schon gesagt“ in meiner Stimme mit.

Cassie ging einfach weg. Ich ließ sie gehen. Nicht alles lässt sich regeln. Nicht alle Probleme können ausgeräumt werden.

Ein paar Tage später zeigten sie in den TV-Nachrichten einen Brand. Es war eine ganz große Story, weil es sich um eine riesige Villa handelte.

Die Villa gehörte dem Milliardär Joe Bob Fenestre. Fenestre war in Sicherheit. Es gab keine Verletzten.

Ich erinnerte mich, wie ich ihn gewarnt hatte, dass er nur so lange sicher sei, wie er sich in diesem Haus aufhielt. Jetzt konnte er sich unmöglich weiter in dem Haus aufhalten.

War das Haus von allein niedergebrannt? Oder hatte vorsätzlich jemand den Brand gelegt, der dieser bösen Kreatur ihren Zufluchtsort nahm?

Im Falle einer Brandstiftung gab es eine lange Liste von Verdächtigen. Visser Drei. Cassie. Einer der anderen. Ich.

Ich glaube, man wird es nie erfahren.

Ich mache Fehler. Manchmal versage ich. Manchmal bin ich auch nur einfach dumm. Manchmal gibt es keine richtige Antwort auf die Probleme, mit denen wir ringen. Aber was können wir anderes tun als immer wieder versuchen, die Antwort zu finden? Was?

Ungefähr eine Woche verging nach dem Brand, bis ich wieder mal zu Cassie rüberging. Sie war in der Scheune, wo sie sich um ihre kranken Tiere kümmerte.

Ich stellte ihr keine Fragen und sie mir auch nicht. Ich half ihr, einem Reh mit gebrochenem Bein eine Schiene anzulegen. Das war angenehm, weil es einfach eine gute Tat war, ohne Hintergedanken, ohne Zweifel.

Und nach einer Weile fingen Cassie und ich an zu reden und wir lachten sogar miteinander. Die anderen kamen vorbei und wir redeten vom Fliegen. Doch anstatt zu fliegen blieben wir am Boden und misteten die Scheune aus.

Wir sechs schippten dreckiges Stroh, Marco riss blöde Witze, Ax versuchte einen Kuhfladen zu essen, Rachel stöhnte über Cassies miserablen Geschmack in Klamottenfragen und wir waren wieder ganz die Alten.

Für den Augenblick jedenfalls.

Es ist wirklich vieles möglich in Band 17 „Im Untergrund" Umblättern und reinlesen ...

LESEPROBE

ANIMORPHS™

IM UNTERGRUND

Einer nach dem anderen gingen wir in das Loch runter. Wir hatten das Timing so abgestimmt, dass immer schon der Nächste gemorpht und einsatzbereit war. Vier Tage lang gruben wir. Bis Cassie zurückkam und sagte: <Ich glaube, jetzt stecken wir fest. Ich bin auf massives Gestein gestoßen.>

<Nix da!>, sagte ich. <Wir haben das hier nicht gemacht, nur um am Ende festzustecken. Es muss einen Weg geben.>

Also ging ich runter.

Wie ein Idiot. Als wäre ich total scharf darauf, diesen blöden Tunnel weiterzutreiben.

Ax hatte berechnet, dass wir inzwischen siebeneinhalb Meter geschafft hatten. Immer tiefer grub ich mich durch lockeren Humus, Lehm und Kies. Ich schob mich mit meinen kleinen Hinterfüßen voran und reinigte den Tunnel mit meinen Vorderschaufeln ständig von herabfallener Erde.

Dann erreichte ich das Ende. Die Dunkelheit war so vollkommen, dass kein Auge etwas erkennen konnte. Schon gar kein Maulwurfsauge.

Meine Nase berührte das Ende der Tunnelröhre. Ich fing an zu scharren. Fels. Ein Stückchen nach links. Fels. Ich dachte nach und hoffte fast, Cassie möge Recht behalten. Schluss mit der Buddelei. Kein Tunnel mehr. Nie wieder lebendig begraben sein.

Aber dann entdeckte ich ihn: den Spalt im Gestein. Meine Nase erschnupperte ihn. Ich scharrte etwas Erde beiseite und der Spalt wuchs.

Ja, da war eine Öffnung!

Ich zögerte. Musste ich das den anderen wirklich auf die Nase binden? Sie würden mir genauso gut glauben, wenn ich Cassies Aussage bestätigte. Es würde niemand sonst herunterkommen um die Sache nachzuprüfen.

Ich grub noch ein bisschen. Und dann …

Luft! Eine Brise.

Nicht möglich.

Aber es *war* ein schwacher Lufthauch zu spüren – schwer, feucht und abstoßend. Und dennoch eindeutig eine Brise. Zwischen den Felsen strömte Luft nach oben.

<Hallo, Leute?>, rief ich in Gedankensprache hinauf. Aber sie waren außer Reichweite. Es kam keine Antwort mehr.

Ich scharrte noch mehr Erde beiseite und jetzt wurde die Brise kräftiger. Der Platz reichte mir um mich hindurchzuzwängen. Aber dahinter spürte ich eine gähnende Leere.

Rasch machte ich kehrt und rannte zur Oberfläche zurück.

<Ich glaube, ich bin auf eine Höhle oder so was gestoßen>, sagte ich. <Cassie hatte Recht, da unten ist massives Gestein. Aber zwischen den Felsen strömt Luft nach oben.>

Jake schaute auf seine Armbanduhr. „Für heute ist es zu spät, Rachel. Wir sehen uns das morgen an. Da ist Samstag und wir haben mehr Zeit."

Also kamen wir am Samstag wieder. Ausgeruht und frisch. Oder so ausgeruht und frisch wie man eben sein kann nach einer Nacht der Albträume in denen man in einem Sarg gefangen liegt und „Lasst mich raus, ich bin nicht tot!" schreit.

Diesmal krochen wir alle nacheinander in den Gang und legten eine größere Zone rings um den Spalt frei. Wir machten sie so groß, dass wir alle nebeneinander passten.

Und so unheimlich es auch sein mochte – irgendwie war es für mich doch einigermaßen tröstlich zu wissen, dass alle hier unten bei mir waren.

Bis mir klar wurde, dass keiner an der Erdoberfläche war, der uns hätte retten können. Der Tunnel konnte einstürzen, dann saßen wir der Falle … Was konnte ich tun? Mich in Menschengestalt zurückmorphen? In siebeneinhalb Metern Tiefe?

Wir wechselten uns alle beim Wegräumen der restlichen Erde ab. Unsere Nasen verrieten uns, dass wir um einen Spalt herumstanden, der tief, tief in den Fels hineinführte.

<Langsam wird's immer komischer, findet ihr nicht?>, sagte Marco spöttisch. <Jetzt schlagen wir uns also mit massivem Fels rum.>

<Besser als sich durch Dreck zu wühlen>, erwiderte ich.

<Ach ja? Dann pass mal auf. Wir sind Maulwürfe. Wenn der Erdtunnel über uns zusammenkracht, können wir uns immerhin noch ins Freie graben. Was tun wir, wenn das Gestein über uns einstürzt?>

Das stimmte. Ich musste mich zwingen ganz ruhig zu bleiben und nicht loszurennen. Denn wenn ich das tat, würde ich nie mehr stehen bleiben.

<Wenn du Schiss hast – ich gehe rein>, sagte ich.

<Ja, ich habe Schiss>, bestätigte Marco. <Lass dich nicht aufhalten, Rachel.>

Es muss eine befreiende Wirkung haben, wenn man einfach so „ich hab Schiss" sagen kann, als wäre es nichts Besonderes. Ich kann das nicht. Keine Ahnung, warum. Ich kann's halt nicht.

Ich zwängte meinen schlanken Maulwurfskörper in den Spalt. Es war ein rauer, scharfkantiger Fels, der unter Druckeinwirkung gesprungen war. Ich schob mich langsam voran. Der Weg machte einige Biegungen, aber nicht zu heftige.

Wenn ich mich hier zurückmorphte, würde mein menschlicher Körper hundertmal zu groß sein. Was dann wohl passierte? Ob ich ein Teil des Gesteins wurde? Ob ich wohl schreien konnte – schreien, ohne dass mich jemand hörte, ohne dass mir jemand zu Hilfe kam?

<Krieg dich wieder ein!>, befahl ich mir selbst. <Hör auf dich zu quälen. Es wird schon gut gehen.>

Plötzlich …

<Aaaahhhh!>

Ich fiel. Blind.

NERVENKITZEL
OHNE ENDE.
ANIMORPHS
SIE WERDEN DICH VERÄNDERN.
http://www.animorphs.de
®
Ravensburger

LAUFEND NEUE ABENTEUER!

DER NÄCHSTE BAND IST SCHON IN VORBEREITUNG

ANIMORPHS

http://www.animorphs.de